瀬戸内海のスケッチ

黒島伝治作品集

山本善行　選

SAUDADE BOOKS

目次

本書は、『黒島傳治全集』（全三巻、筑摩書房、一九七〇年）を底本として使用しました。本文は現代表記を用いています。

今日において不適切と思われる表現がありますが、作品が書かれた時代背景と文学的な価値に鑑み、原文のままとしました。

作品の末尾に入っている年月は脱稿の年月を示しています。なお、各作品の初出等については本書の巻末に一覧を掲載しています。

瀬戸内海のスケッチ　黒島伝治作品集

一粒の砂の
千分の一の大きさは
世界の
大きさである

――黒島伝治

初期文集より

散文・さびしいみなと

嗄れた汽笛は響き渡って、汽船はコトコト音立てて出て行くと、一直線の波がザアーと砂を洗うて、引き返した後は、静かになった。

艀が着くと、やがて、ザクザク砂を踏んで、客があがる。暑中休暇に帰省する、学生等の角帽が、目に立つ。

汽船は半ば岬にかくれて、烟が長く、棚引いて居る。

日は、二た尋《ひろ》ばかりに沈んだ。

詩

無題Ⅰ

俺の眠《ね》ているまに、眼鏡をかくした
俺は仕方なしに、
眼鏡なしで道を歩くと、
すりかわる人の顔がよく分らない、
仕立屋から帰る村の若い娘等が来るので、
俺は、近くへよって、
頸を曲げてじっと見て行くと、

通りかわったあとで、
村の娘にどっと大声に笑われた。

無題2

おおわれ、都会に住まざりせば、
おおわれ、苦しき、たづなに縛られざりせば、
温い野の空気よ、
自由な森林よ、
われを包んでくれ、
われを救い出してくれ！

無題3

わたしの寝床へ蓄音機がひびいて来る。

聞いていると悲しい
わたしは、もうながいながい間寝ている、
もう寝あきた、
おお起きたい！　起きたい！
起きて自由に歩きまわりたい、
今、蓄音機がやんだ、
人の声がする、
おお、起きてる人の幸福さよ、
また、こわねが聞えだした、
おお、起きたい、起きたい
起きて歩きたい、

瀬戸内海のスケッチ

一　新秋

無花果がうれた。青い果実が一日のうちに急に大きくなってははじけ、紅色のぎざぎざが中からのぞいている。人のすきを見て鳥が、それをついばみにやってくる。ようやく秋らしい北風が部落の屋根をわたって、大きな無花果の葉をかさかさと鳴らしている。ここ二三年来夏の暑気に弱くなった私は毎年、夏祭りの頃になると寝こんで起きあがれなくなる。そして、この秋風に吹かれだして、はじめてほっと息をつく。初秋の頃になると、農民や漁民はもとより、工場へ行く者も朝起きると、まず空を仰いで、朝雲の流れや、朝焼けの模様に注意する。都会に住むと天候を気にしないで過す日が多いが、この瀬戸内海の島にいると第一番の関心事となるのは天候である。部落の行きかわりの挨拶は、「今日は」のかわりに、天候に関する言葉で換わされることが多い。二十日ほど雨を見なかった後に一と降りやってくると、誰れでも心から嬉しそうに「えい潤いじゃのう」と云いかわす。私も小豆島に住みつづけるうちにいつか天候に気をとられて暮すことが多くなった。ラジオの天気予報は近頃だいぶよくあたるし、新聞の天気図を見るのも、たのしみの一つであるが、それでも自分で見た落日の模様や雲の動きや風の具合による判断の方がよくあたる。天候は、天気予報以上に不思議に私自身のからだの調子に影響する。

秋の初め颱風の季節には、換羽期に入って卵も産まなくなり羽毛はぬけて、アップアップ云っている鶏もよみがえるかのようなすがすがしい北風が渡ってくるかと思うと、又蒸すような南東風が盛りかえしてくる。不摂生はせぬのに妙に頭が痛く、からだがだるく、朝のうちからベットに寝ると、いつのまにか眠《ね》いってしまって、さめても、頭がぼんやりして肩が凝《こ》っている。これが低気圧の来る前駆症状である。が自分にはまだ分らずに、おかしいなあと思いながら外に出て見ると、薄墨色かかった雲が、低空を南々東から北々西へ飛ぶように流れている。時々雲のきれ間から見上げる上空の白雲は、低空の雲足が早いため丁度その反対に動いているように見える。雲の先端は、巻毛のようにまくれこみながら、全速力で、突進している。私たちは、このまくれこむ雲を見て、あわてて畑の取り入れるべきものは取り入れ、颱風の用意に作って置いた板戸を窓にはめこむのである。地上では南東風が急激な速さで一時に山の樹々を横に押しつけるようになびかせてやって来るかと思うと、又しばらく静まって無風状態がくる。ある日、この雲が雨をともなって午後四時から南側の戸口や窓に吹きつけだした。夕方、腹痛で寝ている父を半町ほど離れた家へ見に行って、帰りかけると傘を半分すぼめても、さして歩けないほど横なぎに、狂気じみて吹きつけた。家へ帰ると、南向きの廊下の硝子戸はその外側に板戸をたててあるのに風がくると板戸と板戸の隙間から吹きこむので、弓のようにしわっていた。よく硝子が割れないものだと思われる程しわっていた。私は畳をはぐって、硝子戸にもたせかけた。サキが入れ忘れたバケツが吹きとばされている音がしていたが、もう暗いのと、雨と風とに、それを取入れに外に出る気がしなかった。夕食のとき電燈が二度消えたりともったりしたかと思うとぱったりと消えて、それからつかなくなってしまった。長い夜だった。三つになる小さい方の松代は、暗いので不安がって、なかなか眠《ね》つかずに泣いていた。それがねてから私は懐中電燈を持って、方々の室を見まわっては、蚊帳の中へ這入り、又しばらくすると、懐中電燈を持って蚊帳から出た。夜明け方前になって、やっと風勢が衰えた。外に出ると薄あかりの下に、庭も井戸端も、荒らされ空にはまだ険悪な雲が動いていた。薄暗い中に、誰れか人かげが鍬で溝の土をかきあげていた。

「おや、早や起きて、腹、また痛うならせんかな。」

父が蓑笠《みのがさ》を着けて水はけの悪い溝や畑のうねに鍬をいれてまわっているのである。

「昨夜はだいぶあてたじゃろう。」

「うむ。これでもうシケ通ってすんだかな。」

「まだまだ、いまにもっとごつい吹きかえしが来るど。」

父も昨夜は畠が気にかかって眠らなかったのだろう。やがて穂だけ切って稈はそのまま抜かずにある唐黍畑へ消えて行った。

このしばらくの無風状態が、いわゆる颱風の目だったのかもしれない。三十分ばかりすると、はたして、昨夜以来の風よりも、もっと猛烈なやつが反対の方向からうなりをあげてやって来た。今度は、今まで割合安全だったものに風あたりがひどくなった。地震の時のようにびりびり震動する気がした。隣の納屋が風の垣をしてくれている三畳間の硝子窓から、丸金醬油の運動場と、たまに人が往来する県道を私は見ていた。往き来する人はどこか危急の手助けに往っているような様子だが、びしょぬれになって、電柱のかげで風を避けては又次の電柱まで、急ぎ急ぎしている。運動場のポプラは風がくると高い梢が地につくばかりに五六本がグッと吹き曲った。そして、風が通ってしまうと又起き上ってくる。案外ポプラでもねばり気があるものだと思っていると、つづいてやって来る風と雨に再びどの幹も枝も一緒に横になびいて行ったかと思うと一番手前の一番高いのが、根元から三間ばかりのところで太い幹が音立てて折れた。今さっきまで従来の姿で立っていた運動場の片隅の蓆小屋は、北側の土壁を洗い落され、トタン葺の屋根が空中に吹き上げられて、寄宿舎の方へとんで行った。古帽子をま深くかむったり、手拭いの頬冠りをしたりした若衆が物々しげに古外套に縄帯をしめて寄宿舎から出て来た。彼等は壊れた蓆小舎に一目をくれただけで海岸の方へ急いで行った。最前から海の方に叫びがきこえてくるのだが横なぎにくる豪雨と波止場に打ち上げる波のしぶきで県道から向うは見通しがきかないのである。

「船が打ち上げられとるらしいど。」

台所へまわって私は北側の壁を通して漏れこむ雨に茶箪笥を脇へのけて、畳をあげているサキに云い置いて外へ出た。

吹きさらしとなっている玄関の前へ出ると隣家の方からとんでくる瓦や礫と、私自身をもとばしそうになる風に思わず立ちすくんだ。運動場のポプラは悉く折れ倒れ枝がついたままの幹が遠くへとんでいるのもある。上から流れて来たゴミが小川の石橋につまって、橋からあふれる水が二寸ほどにのびたばかりの大根のある野菜畑に押しあげて、土を洗い流していた。足駄のまま私はその水の中へ這入って行った。水は見かけよりも高く畑に押し上げてはげしい流れは足をすくって行きそうになる。橋に近づくと膝頭にまで水がきた。ちょっと立って私は橋の下手で流れが渦をまいているのを見ていた。寄宿舎の揚水モーターに行っている動力線の電線が切れて道路に落ち橋の上で水に這入っているのが見えた。

「戻りなさい！　あぶないがの。」

「どうしたんじゃ。」

私自身よりもサキの方がおお事だというような顔で玄関に出て危なかしげに私を見ていた。

「うかうか出あるくと流されるがの――」

「うむ。流されるかもしれんじゃ。」

一時間ほどすると雨はやみ、風が衰えてあわただしげな流れ雲の間から青空が見えだした。海岸は、陸地から流れこむ雨水と、押し上げてきた高潮に波止場の突堤も埋立地もすっかり海水に没して、そこの海面一帯に無数の新しい下駄が浮いていた。波止場の舟つなぎ松も押し上げてきた潮で水の中に枝を折られて立っている。どのくらい荒れたか被害の程をたしかめるとて附近から出てきた人々は、朱や青や白木や模様をちりばめたのなどさまざまの下駄の小舟を何事が起ったのだろうかとびっくりして打ち眺めていた。下駄は、突堤からずっと埋立地の沖までそこらの海岸一面に浮いているのである。

向うの弁天島のかげには、北九州から阪神地方へ通う石炭船が、やっとの思いと云った恰好でかかっている。弁天島のその向うには近海航路の貨物船が二艘、やはり颱風をさけて這入ってかかっている。真正面から北々西の風に吹きつけられる隣部落では家が吹きとばされ、醬油船が沈没したというので私は久一をつれて見に行って帰ってくると人々は難破した下駄船の船長が見あたらないのだと云って手繰綱を持ち出していた。警防団の小頭とときに寄宿舎の方へはいって行くのを見かけた若い番頭風な男とが話し合っている。その傍に、もはや寡婦になってしまったというような恰好のお上さんがしょんぼりと立っている。

「それじゃ二人とも避難しとったのに、船長だけ又シケの中をとび出して来たんじゃな。」と警防団の小頭はきき直していた。

「どうも親方の荷物を預っておるので、責任上出来るだけの手だてをつくしてみようと思い直したらしいんです。」

「そうか。――船長としちゃ、まあそういう気持になるだろうな。どのへんまできて波にのまれたか分らんかな。」

「さあ。」「君は、じゃ、宿舎へ逃げこんでびくびくしとったんだろう。」

「いえ、そういう訳じゃないけれど、私も船長が戻らんので見に来たが、どうして風と波でこのあたり寄りつくどころでなかったんですぜ。」

「うむ、やっぱし君じゃそうだろう。」

小頭は、相手の若さを小馬鹿にしたように笑って「じゃがまあ、取敢えず船長を探して、それからそこらの下駄を潮に持っていなれんうちに早よ集めて陸へあげよう。」

沖側の防波堤に艫を打ち上げられて水浸しになっている下駄船は、潮が落ちはじめると甲板の板など失ってしまった毀れた船体を現してきた。久一は、潮に押し流されてきた塵介や下駄の間から、二三羽の死んだ雀を拾いあげて私に見せた。私がうなずくと、

「シケ空気銃よりもごついのお。」と云った。

「うむ。」
「まだ運動場の方にも雀ポプラの技の下やこしにぎょうさん落ちとんど。」
「そうか。」

五六艘の伝馬《てんま》は拾い上げた下駄を、潮が引いて行ったばかりの埋立地へ乱雑に、山のように放り上げては、又沖へこぎ出して行く。番頭は今は難破した船も、船長の屍体も、埋立地へ積上げられて行く下駄も自分が中心になって仕末をつけなければならないのにせわしげに立ち働く警防団員や被害見物の女たちをよそにボンヤリ沖の石炭船を眺めていた。石炭船は、ぬれた帆をまき上げ、朝飯をたくのか七リンに石炭をたく煙を上げはじめた。その帆は走るためでなく、ぬれたのを干すためだが、風をはらまずぶらりとぶらさがっているのがこの岸のあわただしさに引きかえのんきげに見えた。そして舢では二人かかりであかをかえるポンプをゆっくりおしている。

「宵のうち南風が来てた時にゃ、あの石炭船は向う岸へ押しつけられそうになるし、わしらの方がよほど安全だったんだがナア、」番頭は被害見物の女房が積上げた下駄に異状な眼をかがやかしている傍でひとりごとを云っていた。

「やっぱし一方につきすぎているといけないんだ。こっちの岸に近かったせいで風が反対になるとひとたまりもなしにやられてしもうた。」

「お前さん、どこぞいの。」子供を背負った女房は声をかけた。

「わしか、わしは阿波の徳島。」

「そうか、阿波の徳島十郎兵衆か。徳島からこっちへ下駄のあきないに来とったんかな。」

「いや、高松、尾ノ道の方へ行く途中天気が悪るくなったからここへ這入ってきたんだが、却ってここでひどいめにおうた。」

「まあ、この下駄はそれではまたほかの船に積んでいくんかな。」

「どうしたもんかな。」「ここでお前さん安うに叩いて行きゃえいんじゃ。」

番頭は、下駄の山の中で大きくなった男らしかった。しばらくすると何か思い出したようにひょいとそこへ腰を下して、乱雑に放り出された下駄のなかから左右が揃う一足を馴れきった手つきでより出しては傍の蓆の上へ置きはじめた。警防団員が沖から拾い集めてくる下駄の量は、彼の熟練を以てしても半月は十分かからなければすべてを揃えてしまうことはむつかしそうであった。が彼は、そんなことは考えぬらしく、平生の通り一足ずつを揃え、どうしても揃わないのは片方が出てくるまで脇へ置いて選りつづけた。さき程から慾求のある眼つきで下駄の山を見ていた女児を背負った女は二足の女下駄を選り出して、なんぼで売るかと番頭に見せた。「これはえい台じゃ。卸しでも安くでは出しておらん台じゃ」と番頭は、女房の手から表に元禄模様のヘギ板を貼った下駄を受取って水でつやが消え失せたのを痛ましげに眺め入った。

「安なろうがいの。水につかったもんじゃ。」

「こいつは、流行のえい台でなんぼ勉強しても八十銭より安くは出しておらなんだ台じゃな。」

「へへそうかいの。」女房はなお二十分間も押問答を繰りかえしていたが、結局番頭の負けそうもない様子を見て、手にしていたもう一足をそこへ放りすてこの仰山な下駄を一体一人でどないするつもりじゃとひとりごとを云いながら向うへ離れて行った。

船長は警防団員が手繰綱をやったり綱の届かぬ狭いところは、竿でさぐったりそれを同じところへ、何回となく繰りかえして、昼すぎになってようやく誰れも思いかけない小川が海に流れこんでいるその流れから三尺ほど脇へよったところで発見された。浅いところで、裾まくりをして何べんも人が行ったり来たりしたところである。流水の脇は、流れの勢いで水が沖へ突っ走る傍に空隙ができるその空隙を埋めるため、たえず沖から陸地へ潮が動いている。その動きに乗って船長は沖から運ばれてきたのだろうということだった。屍体は検死がすんでからも蓆で蔽われたまま流れからあがったばかりの海岸に久しく放置されていた。そして人々は、それよりも、下駄の方により多く集ってくるのだった。

不思議な慾望が女達をとりこにしているらしかった。それは海一面の下駄を見た瞬間、むくむくと起ってきたものらしい。ただ下駄が罹災者のものであることと番頭が安く売らないのとでそれは抑制されていた。ところが電報を見て翌日あわててやって来た親方が糊のはげ具合を調べた結果――そのことは口に出さなかったが、水につかったものを二足三文で捌いて行くと知るとその慾望は急に活潑になった。埋立地から海岸ぞいの二軒の納屋へ運びこまれた下駄の山をめぐって女達は、まるで下駄の市が立ったようにあっちへ行ったりこっちへ来たりしはじめた。整理する者を押しのけて、あつかましく三足も五足もを脇にかかえなお、乱雑に放り出された下駄をひっかきまわして気に入ったのを探す者、歯のさきにゴムをつけた三平下駄の片足を握って、そのもう片方を見つけるとて、人が引っかきまわしたあとを更にかきまわして行く者、子供をつれながら自分の表つき、子供の表つき、赤塗りの下駄、主人の下駄、老人のよそ行き、等々家族みなのを集めて行く者。よそ行きの化粧をした娘は人が持っているこっぽりの表つきを見ると急に自分もそれがほしくなり、又舟底形の赤塗りを見るとそれもほしくなって探しはじめる。

納屋の前にしゃがんで夢中に柳の台に紙のような薄い桐の表を貼りつけた安物の駒下駄をひっくりかえしていた女はふと傍に立っている二十年も前に流行した髪の結方《ゆいかた》をした五十歳ちかいお上さんに気づくと驚いたように挨拶した。

「おや、おうちにも買いにおいでたんかな。」

「へえ、ちょっとまあ見に。」お上さんは一歩うしろへよってはっきりしない返事をした。

「おうちやこし、こんな下駄買わいでも、水につからんのがお店になんぼでも並んどろうに。」

それにもお上さんは、はっきりした答えをしないで七八歩離れたところで雨に細かい粉土が洗い流されて荒砂が残っているその砂の上に膝をついて四《よ》はばものの更紗の風呂敷に包めるだけの下駄を包んでいる山の方の部落の女を横目に見て何かささやいた。

駒下駄をひっくりかえしていた女はそれに応じて模様入りの下駄の角がかさばった風呂敷包からはみ出ているその方を見た。

お上さんは、なお妙なことを囁いた。山の方の部落の女は、自分のことを云われていると気づいて故意にこちらを見ようとしないで膝についた砂をはらうのもそこそこに立去って行った。お上さんはなお、流し目にその女を見送っていた。彼女は村の下駄屋の女主人なのである。亭主は寒霞渓に近い方まで出かけてステッキを伐ってきて一本を磨くのに四日も五日もかかって時間をつぶしているような人で、店一切のことはこのお上さんが切りまわしている。喰えぬところのある女で村の者に良くは思われていなかった。下駄屋にゃ、この下駄を買うていんで店で売るつもりじゃな。選っている女達は、お上さんを見て、こんな口をききあった。それが耳にはいったくらいで、お上さんは、びくともするような女ではない。彼女は、別に下駄をひっくりかえして見ようとするでもなく、人々ががやがややっているのをうしろから何か含むところありげな眼で眺めては顔見知りの者に妙なことを囁いていた。

「だいぶ、これゃあ、ゼニ払わずに持っていぬ人がありますのう。はやわっしゃ、三人も見た。誰れじゃかは名をさして云わいでもえいけんどのう。」

午後三時すぎ、私が鶏に餌をやりに鶏舎にはいって、脱肛気味のあったのがここ二三日風害の修繕に気を取られて見てやらなかったので、とうとうほかのやつに腸をつつかれて倒れているのを拾い上げていると、下駄を選り揃えに行っていたサキが二人の子供をつれて帰ってきたようだった。サキは近所の女達と四五人で下駄を選り揃えに行っていたのである。二日手伝って、三日目にはもう一日、今日は日給を出すからと云われた。女達にはこの選り揃える仕事が、選りながら気に入ったのを見つけるとそれを買うとて取りのけておくのでなかなか張り合があったのである。

「さ、おとなしくする子に無花果でもちぎってあげようかな。」平生とちがった、棒を呑んだのをこらえているような調子でサキは云っていた。「松江がおとなしいかな。久一がおとなしいかな。」

私は、鶏冠《とさか》が白くなってしまった鶏の脚をさげて鶏舎から出て行った。久一は、急いでやって来た。

「お母あさんやこし下駄屋さんが僕に呉れた下駄を向うへ持って行て放りつけてしもうたんど。」

「うむむ?」

「下駄屋さんが僕らに下駄呉れたのに、お母あさんが向うへ持って行て放りつけてしもうたんど。」

「うむむ、どうしたんだいそれゃあ。」

「馬鹿にしとんじゃ。ひとが下駄をぬすんだと喋りまわるやつがあんじゃ。」逆上した血がサキはまだ平静にかえっていないらしかった。「癪にさわるせに下駄屋さんが久一と松江に呉れとった子供下駄も、買うとて選り出してあった下駄もみな持って行て放りつけてやった。」

「なんだ、又むきになって大勢やって来とる者にごつげな見幕を見せたんだろう。」

「黙ってたら泥棒にせられるもん。」

「いつでもお前はすぐ本気になってあたりちらすんだからな。」

「二日も手伝うてそのあげく下駄を取った云われちゃ全く割が合わんわ。」

「ふむ、それゃそうだな。下駄屋が取ったというんかい。」

「いや、親方はなにも云やせん。」

「じゃ誰れだい、そんなことを云う奴。」

「がやがややっとんのに誰れやら分らせん。おおかた下駄が欲しゅうてならん奴が、自分がぬすみたいほどほしいせに人も取ったと思うとんじゃろ。」

それ以後私たちは、ふっつり下駄のところへは寄りつかなかった。船長の遺骸は誦経もあげられずに火葬に附せられその弟が骨箱をさげて帰って行きつづいて下駄屋の親方も帰って行った。残りの下駄はひとまとめに下駄屋のお上さんがなんぼでも盗まれておるというので安く買ってやはり隣家とその隣家の納屋で売りつづけた。一足ずつの売値は、持主がかわるとはじめの二倍に上ったが女達はどの足にそんなに沢山の下駄をはかせようとするのか、入りかわり立ちかわり押しよせてごたごたやっていた。そして盗んだ盗まないという喧嘩が又繰りかえされ、女だけの喧嘩ではすまないでそのおやじまでがとび出して猛烈にいがみあったということと、それをよそ目に下駄屋のお上がボロ儲けをしたことを私はあとで知った。

颱風の翌日は気流の乱れが残っていた。翌々日は大陸高気圧が西風を送ってきた。その高気圧が東へ張り出し内地へ移動してくる頃から、拭い去ったような気持のよい秋日和になった。吹き飛ばされた屋根瓦を直したり倒れた板塀を起したり落ちた壁を塗りつけたりでくたぶれた私は自分の部屋の窓際に寝て日を過した。枯れたようにいためつけられた西窓のさきのヘチマが抜き捨てようと思ったのを忙しさでそのままにしておくと支柱が倒れたままおそ咲きの花をつけて、それに蜂が来はじめた。どこにどうして蜂はあの颱風をさけていたのだろう。そう云えばトンボもとんでいる。

樹齢十五年ほどの団栗が倒れ、倒れない団栗も葉末が白らけた東窓の目の上の団栗山へ鳥が用心深くおりて来て、なおもあたりの気配をうかがってから、ひょいと畠の無花果に飛び移ると、熟した実を長い嘴にくわえて何か悪いことでもしたかのようにあわてて高い青空の中へ黒い姿を消して行った。空の青さは長らく見なかったと気づくほど澄みきって青かった。これゃあ颱風禍をつぐなってあまりがある。ふと私はそんな気がした。それほどこの青空には値打があるように思われた。だがあの暴風雨を経なければこの青空は見られないのかもしれない。それにしても颱風はまるで食中毒みたいである。一時の猛烈なあげさげは、どうなるかと思う程であるが毒を出してしまうとあとはけろりとする。つづいて訪れる恢復のさっぱりとしたこころよさ、楽しさは全く新鮮である。それはこの新秋に似ている。

一週間ほど寝たある夕方、どうやら体内の疲労も消え去ったすがすがしさで私は海辺へ出て見た。暖い静かな夕方で高松通いの七十噸級の汽船が波を残して隣部落の岬のかげへかくれて行った。汽船波が二つ三つ石崖に打ちかえす埋立地の端で、黄色の衣に袈裟《けさ》をかけた檀家寺の住職が海にむかって高らかに読経を上げていた。その後方に鉢をささげた庵住と二人の地味な黒っぽい羽織を着た男女が控えている。何事か分らぬままにやや離れて私はそれを眺めていたが、折から隣家の老人が畚《もっこ》をさげて畑から帰ってきた。

「ふふ、やっとるのお。」老人はそれを見るとカッとつばを吐いて苦笑した。

「何ぞいの、あれゃ。」

「下駄屋が儲けたせに船長にお経をあげとんじゃ。」

「はは、そうか。」

「きくもんか、今頃あんなことをしたって。それよりゃ泥棒にせられた者に身のあかしでも立ててやるがええ。」

そう云いながら老人は家の中へはいって行った。

砂糖泥棒

与助の妻は産褥についていた。子供は六ツになる女を頭に二人あった。今度で三人目である。彼はある日砂糖倉に這入《はい》って帆前垂《ほまえだれ》にザラメをすくいこんでいた、ところがそこを主人が見つけた。

主人は、醬油醸造場の門を入って来たところだった。砂糖倉は門を入ってすぐ右側にあった。頑丈な格子戸がそこについていた。主人は細かくて、やかましかった。醬油袋一枚、縄切れ五六尺でさえ、労働者が塵の中へ掃き込んだり、焼いたりしていると叱りつけた。そういう性質からして、工場へ一歩足を踏みこむと、棒切れ一ツにでも眼を見はっていた。細かく眼が働く特別な才能でも持っているらしい。

彼は与助には気づかぬ振りをして、すぐ屋敷へ帰って、杜氏《とうじ》（職工長の如き役目の者）を呼んだ。

杜氏は、恭々《うやうや》しく頭を下げて、伏目《ふしめ》勝ちに主人の話をきいた。

「与助にはなんぼ程貸越しになっとるか？」と、主人は云った。

「へい。」杜氏は重ねてお辞儀をした。「今月分はまるで貸しとったかも知れません。」

主人の顔は、少時《しばらく》、むずかしくなった。

「今日限り、あいつにゃひまをやって呉れい！」

「へえ、……としますと……貸越しになっとる分はどう致しましょうか？」

「戻させるんだ。」

「へえ、でも、あれは、一文も持っとりゃしません。」

「無いのか、仕方のない奴だ！――だがまあ二十円位い損をしたって、泥棒を傭うて置くよりゃましだ。今すぐぼい出してしまえ！」

「へえ、さようでございます。」と杜氏はまた頭を下げた。

主人は、杜氏が去ったあとで、毎月労働者の賃銀の中から、総額の五分ずつ貯金をさして、自分が預っている金が与助の分も四十円近くたまっていることに思い及んでいた。

杜氏は、醸造場へ来ると事務所へ与助を呼んで、障子を閉め切って、外へ話がもれないように小声で主人の旨を伝えた。

お正月に、餅につけて食う砂糖だけはあると思って、帆前垂にくるんだザラメを、小麦俵を積重ねた間にかくして、与助は一と息ついているところだった。まさか、見つけられてはいない、彼はそう思っていた。だがどうも事がそれに関連しているらしいので不安になった。彼は困惑した色を浮べた。彼は、もと百姓に生れついたのだが、近年百姓では食って行けなかった。以前一町ほどの小作をしていたが、それはやめて、田は地主へ返えしてしまった。そして、親譲りの二反歩ほどの畠に、妻が一人で野菜物や麦を作っていた。

「俺《お》らあ、嬶《かかあ》がまた子供を産んで寝よるし、暇を出されちゃ、困るんじゃがのう。」彼は悄《しょ》げて哀願的になった。

「早や三人目かい。」杜氏は冷かすような口調だった。

「はア。」

「いつ出来たんだ？」

「今日で丁度《ちょうど》、ヒイがあくんよの。」

「ふむ。」

「鼻の産にゃ銭《ぜに》が要るし、今一文無しで仕事にはぐれたら、俺ら、困るんじゃ。それに正月は来よるし、……ひとつお前さんからもう一遍、親方に頼んでみておくれんか。」

杜氏はいやいやながら主人のところへ行ってみた。主人の云い分は前と同じことだった。

「やっぱり仕様がないわい。」杜氏は帰って来て云った。

「その代り貸越しになっとる二十円は棒引きにして貰うように骨折ってやったぜ。」杜氏は、自分が骨折りもしないのに、ひとかど与助の味方になっているかのようにそう云った。

与助は、一層、困惑したような顔をした。

「われにも覚えがあるこっちゃろうがい！」

杜氏は無遠慮に云った。

与助は、急に胸をわくわくさした。暫らくたって、彼は
「あの、やめるんじゃったら毎月の積金は、戻して貰えるんじゃろうのう？」と云った。

「さあ、それゃどうか分らんぞ。」

「すまんけど、お前から戻して呉れるように話しておくれんか。」

「一寸、待っちょれ！」

杜氏はまた主屋《おもや》の方へ行った。ところが、今度は、なかなか帰って来なかった。障子の破れから寒い風が砂を吹きこんできた。ひどい西風だった。南の鉄格子の窓に映っている弱い日かげが冬至に近いことを思わせた。彼は、正月の餅米をどうしたものか、と考えた。

「どうも話の都合が悪いんじゃ。」やっと帰ってきた杜氏は気の毒そうに云った。

「はあ。」

「貯金の規約がこういうことになっとるんじゃ。」と、杜氏は主人が保管している謄写版刷りの通帳を与助の前につき出した。その規約によると、誠心誠意主人のために働いた者には、解雇又は退隠の際、或は不時の不幸、特に必要な場合に限り元利金を返還するが、若し不正、不穏の行為其他により解雇する時には、返還せずというような箇条があった。たいてい、どこにでも主人が勝手にそんなことをきめているのだった。与助は、最初から、そういうことは聞いたこともなかった。

彼は、いつまでも困惑しきった顔をして杜氏の前に立っていた。

「どうも気の毒じゃが仕様があるまい。」と杜氏は与助を追いたてるようにした。

「でも、俺ら、初めからそんなこた皆目知らんじゃが、なんとかならんかいのう。」彼はどこまでも同じ言葉を繰りかえした。

杜氏は、こういう風にして、一寸した疵《きず》を突きとめられ、二三年分の貯金を不有にして出て行った者を既に五六人も見ていた。そして、十三年も勤続している彼の身の上にもやがてこういうことがやって来るのではないかと、一寸馬鹿らしい気がした。が、この場合、与助をたたき出すのが、主人に重く使われている自分の役目だと思った。そして、与助の願いに取り合わなかった。

与助は、生児《あかご》を抱いて寝ている嬶のことを思った。やっと歩きだした二人目の子供が、まだよく草履をはかないので裸足《はだし》で冷えないように、小さい靴足袋を買ってやらねばならない。一カ月も前から考えていることも思い出した。一文なしで、解雇になってはどうすることも出来なかった。

彼は、前にも二三度、砂糖や醤油を盗んだことがあった。

「これでも買うたら三十銭も五十銭も取られるせに、だいぶ助けになる。」妻は与助を省みて喜んだ。砂糖や醤油は、自分の家で作ろうにも作られないものだった。

二人の子供は、二三度、砂糖を少し宛《ずつ》分けてやると、それに味をつけて、与助が醤油倉の仕事から帰ると何か貰うことにした。彼の足音をききつけると、二人は、

「お父う。」と、両手を差し出しながら早速、上《あが》り框《がまち》にとんで来た。

「お父う、甘いん。」弟の方は、あぶない足どりでやって来ながら、与助の膝にさばりついた。

「そら、そら、やるぞ。」

彼が少しばかりの砂糖を新聞紙の切れに包んで分けてやると、姉と弟とは喜んで座敷の中をとびとびした。

「せつよ、お父うに砂糖を貰うた云うて、よそへ行《い》て喋るんじゃないぞ！」

妻は、とびまわる子供にきつい顔をして見せた。

「うん。」

「啓は、お父うのとこへ来い。」

座敷へ上ると与助は、弟の方を膝に抱いた。啓一は彼の膝に腰かけて、包んだ紙を拡げては、小さい舌をペロリと出してザラメをなめた。

子供は砂糖を一番喜んだ。包んで呉れたのが無くなると、再び父親にせびった。しかし、母親は、子供に堪能するだけ甘いものを与えなかった。彼女は、脇から来て、さっと夫から砂糖の包を引ったくった。

「もうこれでえいぞ。」彼女は、子供が拡げて持っている新聞紙へほんの一寸ずつ入れてやった。「あとはまたお節句に団子をこしらえてやるせに、それにつけて食うんじゃ。」

子供は、毎日、なにかをほしがった。なんにもないと、がっかりした顔つきをしたり、ぐずぐず云ったりした。

「さあさあ、えいもんやるぞ。」

ある時、与助は、懐中に手を入れて子供に期待心を抱かせながら、容易に、肝心なものを出してきなかった。

「なに、お父う?」

「えいもんじゃ。」

「なに?……早ようお呉れ!」

「きれいな、きれいなもんじゃぞ。」

彼は、醤油樽に貼るレッテルを出して来た。それは、赤や青や、黒や金などいろいろな色で彩色した石版五度刷りからなるぱっとしたものだった。

「きれいじゃろうが。」子供が食えもしない紙を手にして失望しているのを見ると、与助は自分から景気づけた。

「こんな紙やこしどうなりゃ!」

「見てみい。きれいじゃろうが。……ここにこら、お日さんが出てきよって、川の中に鶴が立って居《お》るんじゃ。」彼は絵の説明をした。

「どれが鶴?」

「これじゃ。――鶴は頸の長い鳥じゃ。」

子供は鶴を珍らしがって見いった。

「ほんまの鶴はどんなん?」

「そんな恰好でもっと大けいんじゃ。」

「それゃ、どこに居るん?」

「金ン比羅さんに居るんじゃ。わいらがもっと大けになったら金ン比羅参りに連れて行てやるぞ。」

「うん、連れて行て。」

「嬉し、嬉し、うち、金ン比羅参りに連れて行て貰うて、鶴を見て来る。鶴を見て来る。」せつは、畳の上をぴんぴんはねまわって、母の膝下へざれつきに行った。与助は、にこにこしながらそれを見ていた。

「そんなにすな、うるさい。」まだその時は妊娠中だった妻は、けだるそうにして、子供たちをうるさがった。

暫らくたって、主人は、与助が帰ったかどうかを見るために、醸造場の方へやって来た。主人を見ると、与助は、積金だけは、下げて呉れるように、折入って頼んだ。

主人は、顔色を動かさずに、重々しく
「何で暇を取らすか、それゃ、お前の身に覚えがある筈じゃ。」と云った。

与助は、ぴりぴり両足を顫わした。

「じゃが、」と主人は言葉を切って、「俺は、それを詮議立てせずに、暇を取らせようとするんじゃ。それに、不服があるなら、今すぐ警察へ突き出す。」

急に与助は、おどおどしだした。

「いいえ、もう積金も何もえいせに、その警察へ何するんだけは怺《こら》えておくんなされ!」

「いや、怺えることはならん!」

「いいえ、どうぞ、その、警察へ何するんだけは怺えておくんなされ!」与助は頭を下げこんだ。——

とうとう、彼は、空手で、命からがらの思いをしながら帰った。二三日たって、若い労働者達が小麦俵を積み換えていると、俵の間から、帆前垂《ほまえだれ》にくるんだザラメが出てきた。彼等は笑いながら、その砂糖を分けてなめてしまった。杜氏もその相伴《しょうばん》をした。汚れた帆前垂れは、空樽に投げかけたまま一週間ほど放ってあったが、間もなく、杜氏が炊事場の婆さんに洗濯さして自分のものにしてしまった。

（一九二三年十二月）

まかないの棒

京一が醬油醸造場へ働きにやられたのは、十六の暮れだった。

節季の金を作るために、父母は毎朝暗いうちから山の樹を伐りに出かけていた。

醸造場では、従兄の仁助《にすけ》が杜氏《とうじ》だった。小さい弟の子守りをしながら留守居をしていた祖母は、恥しがる京一をつれて行って、

「五体もないし、何んちゃ知らんのじゃせに、えいように頼むぞ。」

と、彼女からは、孫にあたある仁助に頭を下げた。

学校で席を並べていた同年の留吉は、一ケ月ほど前、醸造場へ来たばかりだったが、勝気な性分なので、仕事の上では及ばぬなりにも大人のあとについて行っていた。彼は、背

丈は、京一よりも低い位《くら》いだったが、頑丈で、腕や脚が節《ふし》こぶ立《だ》っていた。肩幅も広かった。きかぬ気で敏捷だった。そして、如何にも子供らしい脆弱な京一は仕事の上で留吉と比較にならなかった。

京一は、第一、醸造場のいろいろな器具の名前を皆目知らなかった。槽《ふね》を使う（諸味《もろみ》を醬油袋に入れて搾《しぼ》り槽《ふね》で搾ること）時に諸味を汲む桃桶を持って来いと云われて見当違いな溜桶《ためおけ》をさげて来て皆なに笑われたりした。馴れない仕事のために、肩や腰が痛んだり、手足が棒のようになったりした。始終、耳がじいんと鳴り、頭が変にもやもやした。

タバコ（休憩時間のこと）には耳鳴りは一層ひどくなった。他の労働者達は焚き火にあたりながら冗談を云ったり、悪戯《いたずら》をしたりして、笑いころげていたが、京一だけは彼等の群から離れて、埃や、醬油粕の腐れなどを積上げた片隅でボンヤリ時間を過した。そのあたりからは、植物性の物質が腐敗して発する吐き出したいような臭気が立ち上ってきた。最初、彼は、堪えられなかったものだが、日を経るうちに、馴れてきて、さほどに感じなくなった。それに従って、彼の身体には、知らず知らず醬油の臭いがしみこんできているのだった。

「あ、臭い！　われ（お前の意）が戻ると醬油臭い。」

たまに、家へ帰ると祖母は鼻を鳴らしてこう云った。

「なに、臭いもんか。」

「臭《くさ》のうてか。われ自分でわからんのじゃ。」

山仕事から帰った父母は、うまそうに芋を食っていた。

京一は、山の仕事を思った。鋸で立っている樹を伐り倒すということは面白味のあることだった。霰の降るような日にでも山で働いていると汗が出た。麦飯の弁当がこの上なくうまかった。


槽を使うのは、醬油屋の仕事に慣れた鬚面の古江という男がやった。京一は、いつも桃桶で諸味を汲む役をやらせられた。桃桶を使うのは、一番容易な、子供にでもやれる仕事だった。古江が両手で醬油袋の口を開けて差し出して来る。その口へ桃のように一方の尖った桶で諸味をこぼさないように入れるのだ。子供にでもやれる仕事とは云え、京一は肩がこったり、腕が痛んだりした。

耳がやはりじいんと鳴っていた。忙しく諸味を汲み上げるあいまあいまに、山で樹液のしたたる団栗《どんぐり》を伐っていることが思い出された。白い鋸屑《のこくず》が落葉の上に散って、樹は気持よく伐り倒されて行く。樹の倒れる音響に驚いて小鳥がけたたましく囀って飛びまわる。

……山仕事の方がどれだけ面白いかしれない……

「チェッ…………どうなりゃ！」

古江は、きらりとすごい眼つきをした。京一は、桃桶を袋の口にあてがいはずして、諸味を土の上にこぼしたのである。諸味は、古江の帆前垂《ほまえだれ》から足袋を汚してしまった。

「くそッ？」

「ははははは……」

傍で袋をはいでいる者達は面白がって笑った。

仁助は、従弟が皆に笑われたり、働きが鈍かったりすると、妙に腹が立つらしく、殊更京一をがみがみ叱りつけた。時には、彼の傍についていて、一寸した些事を一々取り上げて小言を云った。桃桶で汲む諸味の量が多いとか、少いとか、やかましく云った。するど、古江も図に乗って、仁助と同じように小言を並べた。

「おーい、やろか。」

三十分のタバコがすむと、仁助は事務所から出て来て、労働者にそれぞれ仕事を命じた。仕事はいろいろあった。そして京一にはどれも、これも勝手が分らなかった。器具だけでも沢山あって、容易にその名前を覚えられなかった。コキン、コガ、スマシ、圧《お》し棒、枕……こんな風に変な名前がいくらでもあった。枕といっても、勿論、寝る時に使うそれではなかった。

五六人も揃って同じ仕事をする場合には仕事に慣れた古江は若い者を、鞭で追いまわすようにひどいめに合わした。古江は手早く仕事をする。他の者もそれに負けまいと力を出す。古江がなお手早くやる。他の者は力いっぱいに働いてついて行く。……そして、次のタバコまでに、皆は結局散々コキ使われたことになって、へとへとに疲れてしまう。なかでも脆弱な京一が一番ひどく困らされるのだった。

「何んにも出来ん者が、他人《ひと》と一と並に休みよってどうなるもんでぇ！…………休むひまに、道具の名前一つでも覚えるようにせい！」

仁助は、片隅でぐったりしている京一にごつごつ云った。

冬の寒い日だった。井戸端の氷は朝から、そのまま解けずにかたまっていた。仕事をしていても手は凍《い》てつきそうだった。タバコが来ると、皆な急いで焚き火の方へ走って行った。

「京よ、一寸、まかない棒を持って来い。」

さきから来て温まっている古江は、京一がやって行くと、笑いながらそう云った。

「は。」

もう醸造場へ来てから一カ月ばかりたっていた。一カ月もたてば、醤油屋で使う道具の名前は一と通り覚えてしまわねば一人前の能力がないもののように云われていた。で京一は、訊ねかえしもせずに、知っている風をして、搾り場の道具を置いてある所へ行って、まかない棒を探した。一寸、聞いたことのあるような名だったが、どれがそうなのか思い出せなかった。

焚き火の傍へ行って、殊更らしく訊ねかえすと、他の労働者達に笑われるので気が引けた。何とかして、自分で探し出して持って行かねばならない。

「まかない棒というから、とにかく棒には違いないんだろう。」

彼は、醤油を煮ている大きな釜の傍にササラやタワシや櫂などを置いてある所を探しまわった。

「何を探しよるんどい?」焚き火の方へ行こうとして事務所からやって来た仁助がきいた。

京一は、助かったと思って喜んだ。従兄に訊ねると叱られるかもしれないが、恥しい思いをしなくもいい。

「まかない棒いうたらどれどいの?」

従兄は、例の団栗眼を光らして怒るかと思いの外、少し唇を尖らして、くっくっと吹き出しそうになった。が、すぐそれを呑み込んで、

「ううむ?」と曖昧に塩入れ場の前に六尺の天秤棒や、丸太棒やを六七本立てかけてある方に顎をちょいと突き出して搾り場を通り抜けて行ってしまった。

京一は、丸太棒を取って、これがまかない棒というんだろうと思った。従兄は顎でこの棒を指していたと思われた。もうそれより外に、まかない棒という名の付きそうな棒はなかった。彼は、その棒を持って、焚き火の方へ行って、古江の傍に黙って立って居た。

「持って来たんかい。」

古江の鬚面は焚き火で紅くほてっていた。

「は。」

十人ばかりの焚き火を取り巻いている労働者達は、一様に京一を見て、くっくっ笑った。

「それがまかない棒かい?」

「よう………」

「どら、こっちへおこせ！」

従兄は団栗眼を光らして、京一の手から丸太棒を引ったくった。そして、いきなり、棒を振り上げて、京一の頭をぐゎんと殴って、腹立たしそうに、それを傍の木屑の上に投げつけた。

「これがまかないの棒じゃ？」

「はははは……」労働者達は、一時にどっと笑い出した。

京一は、眼が急にかっと光ったように思った。すると、それから頭の芯がじいんと鳴りだした。痛みが頭の先端から始まって、ずっと耳の上まで伝ってきた——皆は、まだ笑っている。急に、泣きたいと思わぬのに涙が出て来た。彼は、涙を他人《ひと》に見られまいとして、俯向いて早足にそこを去った。そして、醤油を煮ている釜の傍の大きな煉瓦の煙突の下に来た。涙は、なおつづいて出た。すると悲しくてたまらなくなって来た。顔を煙突につけると、煉瓦は中を通る煙の熱で温くなっていた。頭がずきんずきん痛んだ。手を触れると、丁度てっぺんが腫れ上っていた。

彼は煙突の方に向いて両手で顔を蔽うて泣いた。

仕事が始る時、従兄がやって来て、

「阿呆が、もっと気を付けい！」と云った。

併し、京一は、それを聞いていなかった。彼は、何故か自分一人が馬鹿にせられているようで淋しく悲しかった。

「もうこんなとこに居りゃせん！」

彼は、涙をこすりこすり、手拭いで頬冠りをして、自分の家へ帰った。皆の留守を幸に、汚れている手足も洗わずに、蒲団の中へもぐり込んだ。

暫らくたつと、弟を背負って隣家へ遊びに行っていた祖母が帰ってきて、

「まあ、京よ、風邪でも引いたんかいや。——頬冠りだけは取って寝え。」と云った。

が彼は、寝た振りをして動かなかった。

夕方には、山仕事に行っていた父母が帰った。

祖母は、風邪には温いものがいいだろうと云って、夕飯に芋粥を煮た。京一は、芋粥ばかりを食い、他の家族は、麦飯に少しの芋粥を掛けてうまそうに食った。

「飯食う時だけは、その頬冠りを取れえ！」

と、祖母は云ったが、父母は、じろりと彼を見て、放っとけというような顔をした。

二三日、休んでいるうちに、家族には、風邪でないことが明かになった。

二日目の朝、頬冠りを取って顔を洗っていると、祖母は、彼の頭に血がにじんだ跡があるのを見つけた。

「どうしたんどいや。醤油屋で何どあったんかいや！」

父母が毎日のように山仕事に出かけたあとで祖母は彼にきいた。

「いいや。」

彼は、別に何も云わなかった。

五日目の晩に、父は、

「そんなに遊びよったら、ふよごろ（なまけ者のこと）になってしまうぞ！」と云った。

「己《お》らあ、もう醤油屋へは行かんのじゃ。」

京一は、何か悲しいものがこみ上げてきて言葉尻がはっきり云えなかった。

「醤油屋へ行かずにどうするんどい？　遊びよったら食えんのじゃぞ！」

京一は、ついに、まかないの棒のことを云い出して、涙声になってしまった。むつかしい顔をして聞いていた父は、

「阿呆が、うかうかしよるせに、他人になぶり者にせられるんじゃ。――そんなまかないの棒やかいが、この世界にあるもんかい！」

あくる朝、父は山仕事に出る前に、

「今日は、もう仕事に行け！」

といかつく京一に云いつけた。

「いや、己らは山へ行く。」

「阿呆めが！　山へ行たってどればも銭は取れんのに、仕様があるかい。醤油屋へ行け！」

それでも、醤油屋へ行きたくなくなって、彼は、十時頃まで日向ぼっこをしていた。

「われが一人でよう行かんのなら、おばあがつれて行てやろうか。――行かなんだら、お父うが戻ってまた怒るぞ。」

祖母はすやすや寝ている小さい弟を起して、古い負いこに包んで背負うと、彼を醸造場へつれて行った。年が寄って寒むがりになった祖母は、水鼻を垂らして歩きながら、背の小さい弟をゆすり上げてすかした。

醸造場へ行くと、彼女は、孫の仁助に、京一をそう痛めずに使うてやってくれと頼んだ。京一は、きまり悪るそうに片隅に小さく立っていた。忙しそうに水を担っている若者等は、京一の顔をぬすみ見て、くっくっ笑った。

（一九二三年十二月）

「紋」

古い木綿布で眼隠しをした猫を手籠から出すとばあさんは、

「紋よ、われゃ、どこぞで飯を貰うて食うて行け」と子供に云いきかせるように云った。

猫は、後へじりじり這いながら悲しそうにないた。

「性悪るせずに、人さんの余った物でも貰うて食えエ……ここらにゃ魚も有るわいや。」

猫は頻りにないて、道と田との間の溝《どぶ》に後足を踏み込みそうになった。溝の水は澱んで腐り、泥の中からは棒振りが尾を出していた。

「そら、落ち込むがな。」ばあさんは猫を抱き上げた。汚れた白い毛の所々に黒い紋がついていた。ばあさんは肥った無細工な手でなでてやった。まだ幼い小猫時代には、毛は雪のように純白で、黒毛の紋は美しかった。で、「紋」という名をつけたのだった。しかし大きくなって、雛を捕ったり、魚を盗んだりしだすと、床板の下をくぐって人目を避けたり、寒い時には焚いたあとの火の消えたばかりの竈の中へにじりこんで寝たりするので、毛は黒く汚れていた。ばあさんも、野良仕事が忙しくって洗ってやりもしなかった。

「おとなしに、何でも貰うて食うて行け！」暫らくばあさんは、猫を胸にくっ著けて抱いていたが向うから空俥が見えだすと、ついに道の中に捨てて、丘の方へ引っかえした。

丘の上から振りかえると、猫はなお頻りに道を這いながらないていた。俥は、海辺の網小屋のところに止まっていた。黒く静かな入江には、漁舟が四五艘動かずに浮いていた。小島の青い松のかげからは、弁財天の鳥居が見えた。

ばあさんは、猫の毛のついた手籠を提げて丘を反対の方へ下った。これから七里ばかり歩いて、家へ帰るのである。

「紋」は、つい近ごろ、他家の台所で魚を盗んだり、お櫃の蓋を鼻さきで突き落して飯を食ったりすることを覚えた。そんな悪るさをするたびに、「茂兵衛ドンにゃ慾をしてこ猫に飯もやらんせによそでひろひろするんじゃ。」とばあさんの家は、隣近所から悪く云われた。

「チョチョチョチョ、紋よ、われゃ、よそで飯を盗んで食うたりするんじゃないぞ。……家でなんぼでも食えエ。」ばあさんは、三度の食事毎に夫婦が食っている麦飯を、猫の飯椀に盛り上げてやった。ダシがらの鰯もやった。猫は舌なめずりをして、それを食うて腹をふくらした。それだのに、他所へ行くと、早速、盗みを働くのだった。

そうして、本職の鼠を捕る方は、おろそかになった。

「おりくよ、旦那んとこにゃ、雛を捕られた云うて大モメをしよるが、また家の紋が捕ったんじゃないんか。」ある時、畠から帰りかけた、地主の家の騒ぎを聞いてきて、じいさんは、ばあさんに云った。

「そうかいんの、……あれはどこイ行たんかしらん……チョチョチョ。」ばあさんは猫を呼んでみた。すると、どこからか、悄々《しおしお》として「紋」が出てきた。

「われゃ、どこに居ったんぞ?」

そうしているところへ、地主の下男が、喰い殺された雛の脚をさげてやってきた。

「お前んとこの猫は、こら、こんなに雛を喰い殺してしまいやがった!」と下男は、雛をばあさんの顔さきへ突きつけた。

「それゃ、まあ、すまんこって……」

「おどれが、こんな所で、のこのこ這いよりくさる！」下男は猫を見ると、素早く、礫を拾って投げつけた。不意に飛んできた礫に驚いて猫は三四間走ってから、下男を振返って見て、物乞いするようにないた。

「おどれが！」再び下男は礫を投げつけた。

「この頃は、盗を働いて、鼠の番もせんせに、大分納屋の麦を鼠に食われよる。」じいさんは、晩飯を食ってから、煙草に火をつけながら云った。

「もう俵に孔でも開けとるかよ？」

「うむ。……俵のまわりは鼠の糞だらけじゃ。こんなことじゃ毎晩五合位い食われようことイ。」

「そうじゃろうか。……それでも、あいつを棄てるんは可愛そうじゃし……」

おりくの家には風呂がなかった。地主の家や、近所で入れて貰っていた。で、向いの本土へ出稼ぎに行っている息子が時々帰ると、その土産物を御礼のつもりで心して持って行っていた。ところが、猫が悪るさをしだしてからは、地主の家からも、近所からも、風呂に入りに来いと云ってきなくなった。

「そこの人が悪いと、猫まで悪るなるもんじゃ。」風呂入りに集った近隣の老人達はおりくの家のことを悪く云いあった。

「あしこには、ろくに飯を食わさんのじゃろう。」

「あしこの茂公は、ほんまに油断がならなんだせにんの。」

盗癖のために村にいられなくなって、どこかへ出奔して、十数年来頼りがない茂吉という、じいさんの弟があった。監獄へこそ行かなかったが、警察へはたびたび呼びつけられていた。近所の人々は、猫のことから、こんな古い疵《きず》まで洗いたてて喋りあった。

「もうあんな奴は放ってしまえ。」やがてじいさんは猫のことをこう云い出した。

「捨てる云うたって、家に生れて育った猫じゃのに可愛そうじゃの」

「うらあもう大分風呂イ入らんせに垢まぶれじゃ」

四五日、捨てる、捨てないで、云いあった後、ばあさんは、一日をつぶして、猫を手籠に入れて捨てに行った。近くだとすぐ帰って来るので、遠く向うの漁村まで行った。

夜、じいさんは、夜なべに草履を作っていた。ばあさんは、長途を往復した疲れでぐったり坐っていた。秋の夜風が戸外の杏の枝を揺がしていた。雁の音がかすかに聞えて来る。と、戸外で「紋」のなく声がした。物乞うように続けてないた。

「戻って来たんかいな。」居眠りをしていたばあさんは、ふと眼を開けた。

「うむ、戻ってきたわイ。」じいさんは不服そうに云った。「内へ入れずに放っとけ！」

障子は閉め切ってあった。「紋」は入口がないので、家の周囲をぐるぐる廻って鳴いた。

「可愛そうに、入れてやろうか。」ばあさんは立ちかけた。

「ええい、放っとけ。」

「障子でも破って入って来たら、あとで手がいるがの。」

入口を開けてやると、「紋」はなつかしそうに、ばあさんの足もとにざれついた。

「そら、腹が減ったじゃろう。……よそでぬすっとやかいするんじゃないぞ！」とばあさんは麦飯を椀に入れてやった。

「猫を放った云うて、嘘の皮じゃ。まだ、ひろひろしてやがら。」

「あんな奴は叩き殺してしまえ！」近所の人々は口々に、憎さげに云った。

「もっと遠いとこイ持って行《い》て捨てイ。」とじいさんは、近所の噂を聞いてきて、ばあさんに云った。

「遠い所いうたって、どこへ持って行くだよ。」

「どこぞ、なかなか戻って来られん所じゃ。」

毎晩、じいさん、ばあさんとはこんなことを話しあっていた。

地主の坊ちゃんは、部落の子供達を集めて、それぞれ四五尺の棒を手にして、猫を追っかけてぶん殴りに来た。

「茂兵衛ドンの猫は家の雛を捕ったんじゃで……魚でも、芋でも、何でも盗むんじゃ。」会う人に悉くそうふれまわった。

我鬼どもは坊っちゃんのあとから、ひとかどの兵士になったつもりで、列を作って走った。棒は銃の代りに肩にかついでいた。

子供達は、毎日兵隊ごっこをやった。敵はいつも猫だった。大将になった坊っちゃんのあとにはボール紙を円く巻いて口にあてがった、喇叭卒がつづいていた。

猫は、跛を引いて逃げ帰ると、納屋の隅にうずくまって、殴られた足をかばうようにねぶった。

「猫を出せエ、こらッ！　猫を出せエ、こらッ！」兵隊になった子供達は、おりくの家のまわりを囲んで叫んだ。

ばあさんは、また一日をつぶして、「紋」を手籠に入れて捨てに行った。今度は、上り一里、下り一里半の山を越して遠くへ行った。

「やれやれ寛ろいだ。もうこれで戻りゃせんじゃろうんの。」晩に暗くなってから、ばあさんは家へ帰って、「どこぞで風呂を一っぱい貰いたいもんじゃ。——ああ、シンドかった。」

「太衛門にゃ風呂場から煙が出よったけれど、入りに来い云うて来りゃせんがい。」と、じいさんは井戸端で足を洗ってきて云った。

「せんど風呂に入らんせに、垢まぶれになった上に汗をかいて、気色が悪るうてどうならん。」

二人は、もう殆ど一ヵ月ばかり風呂に入っていなかった。夏だったら行水が出来るのだが、秋も十一月の初めになっては行水どころではなかった。

「まあ、今夜は、乾手拭ででも身体を拭いて辛抱せい。二三日たったら、またもとのように旦那んとこで入れて貰えようだイ。」と、じいさんは云って、自分で掘って来て蒸した芋を頬ばった。

けれども、一日おいて、猫は再び帰って来た。そして、以前と同様に魚を盗んだり、鶏をねらったりした。

子供達は、もう忘れてしまったように猫をいじめなかった。が、その代り、大人が、見つけ次第に礫を投げつけたり、棒でぶん殴りに来たりした。

「また味をつけて鶏を捕りやがった。今度は雛じゃなしに鶏じゃ。」地主の下男が、喧嘩腰で、また奴鳴りこんできた。

「一体、お前等が悪いんじゃ。戻らんとこへ捨てりゃえいことを、捨てもせず、放ったらかしじゃせに、よその鶏を捕るんじゃ。これは三円もする鶏じゃないかい。——こんなことしよったら、田や畠も旦那に取り上げられて、作らして呉れやせんぞイ。」

下男は、鶏が一羽なくなったところで自分の損でもないのに、如何にも惜しそうな調子で文句を並べたてた。

猫は、後脚に礫をあてられて、血を流しながら竃の傍につくなんでいた。

「今度見つけたら、見つけ次第に叩き殺してやる!」下男はこんな捨てせりふを残して去った。

「殺されたら可愛そうじゃせに、よそイ出て行かんように、家につないどこうかいの。」ばあさんは麦蒔きに、畑へ出かけしなに、じいさんにそう云って、「紋」を細紐で柱につないでおいた。

後脚の礫があたったところは、禿になった。毎年猪の子に旦那の家から部落中に配ってくれる団子は、その年に限って、おりくの家へだけは呉れなかった。

ついに、ばあさんは、港から出る発動機船に頼んで本土へ猫を積んで行って貰った。彼女は長いこと風呂に入らず、たまらなくなって、一度だけ隣村の銭風呂へ行ったりした。地主の下男は、地子を集めるのに、まず第一番に、おりくの家へ荷車を引いてやって来た。

ばあさんは村を歩くのに、引けめを感じておずおずしていた。旦那や御領ンさんに顔を合すのがおっかなくって、向うから来るのを見かけると、わざと道を外らした。大師講に参ると部屋の隅で小さくなっていた。が、今度こそは、再び猫が帰って来る気遣いないので、やっと助かった思いをしていた。

「おりくさん、猫をあっちイ積んで行《い》たんはえいけれど、とうとう殺してしもうたがいの。」発動機船の舟方は、本土から帰ってばあさんに云った。

「そうかいの。」と、ばあさんは、じいっと船方を注視して話をきいた。

それは、船が本土を出帆するまぎわになると、放り上げた猫が、荷揚場から、又船へ飛び乗ろうとしているのだった。それを見つけると船方は、早速、水荷い棒を取って、猫をめがけて殴った。ところが、そう力は入れなかったのに、棒が急所にあたったと見えて、猫は一度にころりと海の中に落ちて死んでしまった。というのだった。

「ほんに、可憐そうに！……」それを聞いてばあさんは沈みこんでしまった。

老夫婦

一

為吉とおしかとが待ちに待っていた四カ年がたった。それで、一人息子の清三は高等商業を卒業する筈だった。両人《ふたり》は息子の学資に、僅かばかりの財産をいれあげ、苦労のあるだけを尽していた。ところが、卒業まぎわになって、清三は高商が大学に昇格したのでもう一年在学して学士になりたいと手紙で云ってきた。またしても、おしかの愚痴が繰り返された。

「うらア始めから、尋常を上ったら、もうそれより上へはやらん云うのに、お前が無理にやるせにこんなことになったんじゃ。どうもこうもならん！」

それは二月の半ば頃だった。谷間を吹きおろしてくる嵐は寒かった。薪を節約して、囲爐裏も焚かずに夜なべをしながら、おしかは夫の為吉をなじった。

おしかは、人間は学問をすると健康を害するというような固陋な考えを持っていた。清三が小学を卒業した時、身体が第一だから中学へなどやらずに、百姓をさして一家を立てさせようと主張した。しかし為吉は、これからさき、五六反の田畑を持った百姓では到底食って行けないのを見てとっていた。二十年ばかり前にはそうでもなかったが、近年になるに従って百姓の暮しは苦るしくなっていた。諸物価は益々騰貴するにもかかわらず、農作物はその割に上らなかった。出来ることならば息子に百姓などさせたくなかった。ちっと学問をさせてもいいと思っていた。

清三は頻りに中学へ行きたがった。そして、ついにおしかには無断で、二里ばかり向うの町へ入学試験を受けに行った。合格すると無理やりに通学しだした。彼は、成績がよかった。

中学を出ると、再び殆んど無断で、高商へ学校からの推薦で入学してしまった。おしかは愚痴をこぼしたが、親の云いつけに従わぬからと云って、息子を放って置く訳にも行かなかった。他にかけかえのない息子である。何《いず》れ老後の厄介を見て貰わねばならない一人息子である。

ところが、またまた、一年よけいに在学しようと云ってきているのだった。預金はとっくの昔に使いつくし、田畑は殆ど借金の抵当に入っていた。こんなことになったのも、結局、為吉がはじめ息子を学校へやりたいような口吻をもらしたせいであるように、おしかは云い立てて夫をなじった。

「まあそんなに云うない。今にあれが銭を儲けるようになったら、借金を返えしてくれるし、うら等も楽が出来るわい。」為吉はそう云って縄を綯《な》いつづけた。

「そんなことがあてになるもんか！」

「健やんが云よったが、今日び景気がえいせに高等商業を出たらえらい銭《ぜに》がとれるんじゃとい。」

彼等は、ランプの芯を下げて、灯を小さくやっとあたりが見分けられる位いにして仕事をした。それでも一升買ってきた石油はすぐなくなった。夜なべ最中に、よくランプがジジジジと音たて、やがて消えて行った。

「ええいくそ！　消えやがった。」おしかはランプにまで腹立てているようにそう云った。

「もう石油はないんか！」

「あるもんら！　貧乏したら石油まで早よ無うなる。」おしかはごつごつ云った。

「そんなか、カワラケを持って来い。」

「ヘイ、ヘイ。」おしかは神棚から土器《かわらけ》をおろして、種油を注ぎ燈心に火をともした。

両人はその灯を頼りに、またしばらく夜なべをつづけた。

と、台所の方で何かごとごといわす音がした。

「こりゃ、くそッ！」おしかはうしろへ振り向いた。暗闇の中に、黄色の玉が二つ光っていた。猫が見つけられて当惑そうにないた。それは、鼻先きで飯櫃《めしびつ》の蓋を突き落しかけていた家無し猫だった。寒さに、おしかが大儀がって追いに行かずにいると猫は再び蓋をごとごと動かした。

「くそッ！　飯を喰いに来やがった！」おしかは云って追っかけた。猫は人が来るのを見ると、急に土間にとびおりて床の下に這いこんだ。そして、何か求めるようにないた。

おしかは、お櫃の蓋に重しの石を置いて、つづくった薄い坐蒲団の上に戻った。やがて、猫は床の下から這い出て、台所をうろうろほっつきまわった。食い物がないのを知ると、竈《かまど》の傍へ行って、ペチャペチャやりだした。

「くそッ！」おしかはまた立って行った。「おどれが味噌汁が鍋に茶碗一杯ほど残っとったんをなめよりくさる！」

「味噌汁一杯位いやれい。」

「癖になる！　この頃は屋根がめげたって、壁が落ちたって放《ほ》うたらかしじゃせに、壁の穴から猫が這い入って来るんじゃ。」

こんなことを云うにつけても、おしかは、清三に学資がいるがために、家の修繕も出来ないのだということを腹に持っていた。

「もう今日きりやめさせて了えやえい」と彼女は同じことを繰り返した。「うらが始めからやらん云うのに、お前が何んにも考えなしにやりかけるせに、こんなことになるんじゃ。また、えいことにして一年せんど行くやこし云い出して……親の苦労はこっちから先も思いやせんとから！」

「うっかり途中でやめさしたら、どっちつかずの生れ半着《はんちゃく》で、これまで折角銭を入れたんが何んにもなるまい。」

「そんじゃ、お前一人で働いてやんなされ！　うら、あもう五十すぎにもなって、夜も昼も働くんはご免じゃ。」

「お、うら独りで夜なべするがな。われゃ、眠《ね》むたけれゃ寝イ。」為吉はどこまでも落ちついて忍耐強かった。朝早くから、晩におそくまで田畑で働き、夜は、欠かさず夜なべをした。一銭でも借金を少くしたかったのである。

おしかはぶつぶつ云い乍《なが》らも、為吉が夜なべをつづけていると、それを放っておいて寝るようなこともしなかった。

戸外には、谷間の嵐が団栗の落葉を吹き散らしていた。戸や壁の隙間《すきま》から冷い風が吹きこんできた。両人《ふたり》は十二時近くになって、やっと仕事をよした。

猫は、彼等が寝た後まで土間や、床の下やでうろうろしていた。追っても追っても外へ出て行かなかった。これでも屋内の方が暖いらしい。……大方眠りつこうとしていると、不意に土間の隅に設けてある鶏舎《とや》のミノルカがコツコツコと騒ぎだした。

「おどれが、鶏をねらいよるんじゃ。」おしかは寝衣のまま起きてマッチをすった。「壁が落ちたんを直さんせにどうならん！」

二

両人は、息子のために気まずい云い合いをしながらも、息子から親を思う手紙を受け取ったり、夏休みに帰った息子の顔を見たりすると、急にそれまでの苦労を忘れてしまったかのように喜んだ。初めのうち、清三は夏休み中、池の水を汲むのを手伝ったり、畑へ小豆の莢《さや》を摘みに行ったりした。しかし、学年が進んで、次第に都会人らしく、垢ぬけがして、親の眼にも何だか品が出来たように思われだすと、おしかは、野良仕事をさすのが勿体ないような気がしだした。両人は息子がえらくなるのがたのしみだった。それによって、両人の苦労は殆どつぐなわれた。一年在学を延期するのも、息子がそれだけえらくなるのだと思うと、慰められないこともなかった。

「清よ、これゃどこの本どいや?」為吉は読めもしない息子の本を拡げて、自分のもののように頁をめくった。彼には清三がいろいろなむずかしいことを知って居り、難解な外国の本が読めるのが、丁度自分にそれだけの能力が出来たかのように嬉しいのだった。そして、ひまがあると清三のそばへ寄って行って話しかけた。

「独逸語。」

「……独逸語のうちでもこれは大分むずかしんじゃろう。」

「うむ。」

「清はチャンチャンとも話が出来るんかいや?」 おしかも楽しそうに話しかけた。清三は海水浴から帰って本を出してきているところだった。

「出来る。」

「そんなら、お早よう——云うんは?」

「……」

「ごはんをお上り——はどういうんぞいや?」

「ええい。ばあさんやかましい!」

「云うて聞かしてもよかろうがい。」 おしかはたしなめるように云った。

「ええい、黙っとれ!」

「お、親にそんなこと云《い》よれ、バチがあたるんじゃ。」 おしかは洗濯物をつづくっていた。

清三は書物を見入っていた。ところが、暫らくすると、彼は頭痛がすると云いだした。

「そら見イ、バチじゃ。」 おしかは笑った。

だが清三の頭痛は次第にひどくなってきた。熱もあるようだ。おしかは早速、富山の売薬を出してきた。

清三の熱は下らなかった。のみならず、ぐんぐん上ってきた。腸チブスだったのである。彼女は息子を隔離病舎へやりたくなかった。そこへ行くともう生きて帰れないもののように思われるからだった。再三医者に懇願してようよう自宅で療養することにして貰った。高熱は永い間つづいて容易に下らなかった。為吉とおしかとは、田畑の仕事を打ちやって息子の看護に懸命になった。甥の孝吉は一日に二度ずつ、一里ばかり向うの町へ氷を取りに自転車で走った。

おしかは二週間ばかり夜も眠むらずに清三の傍らについていた。折角、これまで金を入れたのだからどうしても生命を取り止めたい。言葉に出してこそ云わなかったが、彼女にも為吉にもそういう意識はたしかにあった。彼等は、どこまでも息子のために骨身を惜まなかった。村の医者だけでは不安で物足りなくって、町からも医学士を迎えた。医学士はオートバイで毎日やってきた。その往診料は一回五円だった。

やっと危機は持ちこたえて通り越した。しかし、清三は久しく粥と卵ばかりを食っていなければならなかった。家の鶏が産む卵だけでは足りなくって、おしかは近所へ買いに行った。端界《はざかい》に相場が出るのを見越して持っていた僅かばかりの米も、半ばは食ってしまった。それでもおしかは十月の初めに清三が健康を恢復して上京するのを見送ると、自分が助かったような思いでほっとした。もう来年の三月まで待てばいいのである。負債も何も清三が仕末をしてくれる。……

為吉が六十で、おしかは五十四だった。両人は多年の労苦に老い疲れていた。山も田も抵当に入り、借金の利子は彼等を絶えず追っかけてきた。最後に残してあった屋敷と、附近の畑まで、清三の病気のために書き入れなければならなくなった。

清三は卒業前に就職口が決定する筈だった。両人は、息子からの知らせが来るのを楽しみに待っていた。大きな会社にはいるのだろうと彼等はまだ見ぬ東京のことを想像して話しあった。そのうちに、両人も東京へ行けるかも知れない。

三月半ばのある日、おしかは夕飯の仕度に為吉よりも一と足さきに畑から帰った。すると上り口の障子の破れから投げ込まれた息子の手紙があった。彼女は早速封を切った。おしかは、文字が読めなかった。しかし、なぜかなつかしくって、息子がインキで罫紙《けいし》に書いた手紙を、鼻さきへ持って行って嗅いで見た。清三の臭いがしているように思われた。やがて為吉が帰ると、彼女はまっ先に手紙を見せた。

為吉は竈の前につくばって焚き火の明りでそれを見たが、老いた眼には分らなかった。

彼は土足のまま座敷へ這い上ってランプの灯を大きくした。

「何ぞえいことが書いてあるかよ?」おしかは為吉の傍へすりよって訊ねた。

「どう云うて来とるぞいの?」

しかし為吉は黙って二度繰りかえして読んだ。笑顔が現われて来なかった。

「何ぞいの?」

「会社へ勤めるのに新《さら》の洋服を拵えにゃならん云うて来とるんじゃ。」為吉は不服そうだった。

「今まで服は拵えとったやの。」

「あれゃ学校イ行く服じゃ。」

「ほんなまた銭《ぜに》が要《い》らやの。」

「うむ。」

「なんぼおこせ云うて来とるどいの?」

「百五十円ほどいるんじゃ。」

「百五十円!」おしかはびっくりした。「そんな銭がどこに有りゃ! 家にゃもうなんにも有りゃせんのに!」

「洋服がなけりゃ会社イ出られんのじゃろうし……困ったこっちゃ！」為吉はぐったり頭を垂れた。

三

学校を出て三年たつと、清三は東京で家を持った。会社に関係のある予備陸軍大佐の娘を妻に貰った。

為吉とおしかは、もうじいさん、ばあさんと呼ばれていいように年が寄っていた。野良仕事にも、夜なべにも昔日のように精が出なくなった。

債鬼のために、先祖伝来の田地を取られた時にも、おしかはもう愚痴をこぼさなかった。清三は卒業後、両人があてにしていた程の金を儲けもしなければ、送ってくれもしなかった。が、おしかは不服も云わなかった。やはり、息子が今にえらくなるのをあてにして待っていた。

それから一年ばかりたって、両人は田舎を引き払って東京へ行くことになった。

村の百姓達は為吉を羨しがった。一生村にくすぶって、毎年同じように麦を苅ったり、炎天の下で田の草を取ったりするのは楽なことではなかった。谷間の地は痩せて、一倍の苦労をしながら、収穫はどれほどもなかった。村民は老いて墓穴に入るまで、がつがつ鍬を手にして働かねばならなかった。それよりは都会へ行って、ラクに米の飯を食って暮す方がどれだけいいかしれない。

両人は、田舎に執着を持っていなかった。使い馴れた古道具や、襤褸《ぼろ》や、貯えてあった薪などを、親戚や近所の者達に思い切りよくやってしまった。

「お前等、えい所へ行くんじゃ云うが、結構なこっちゃ。」古い箕《みの》や桶を貰った隣人は羨しそうに云った。「うら等もシンショウ（財産のこと）をいれて子供をえろうにしといた方がよかった。ほいたらいつまでもこんな百姓をせいでもよかったんじゃ！」

「この鍬をやるか。——もう使うこたないんじゃ。」為吉は納屋の隅から古鍬を出して来た。

「それゃ置いときなされ。」ばあさんは、金目になりそうな物はやるのを惜しがった。

「こんな物を東京へ持って行けるんじゃなし、イッケシ（親戚のこと）へ預けとく云うたって預る方に邪魔にならア！」

「ほいたって置いといたら、また何ぞ役に立たあの。」

「……うらあもう東京イ行《い》たらじゝむさい手織縞やこし着んぞ。」為吉は美しいさっぱりした東京の生活を想像していた。

「そんなにお前はなやすげに云うけんど、どれ一ツじゃって皆な銭《ぜに》を出して買うたもんじゃ。」

じいさんはそんなことを云うおしかにかまわず、篩《ふる》いや、中古《ちゅうふる》の鍬まで世話になった隣近所や、親戚へやってしまった。

老いた家無し猫は、開け放った戸棚に這入って乾し鰯を食っていた。

「お、おどれがうまうまと腹をおこしていやがる。」ばあさんは、それを見つけても以前のようにがみがみ追い払おうともしなかった。

ラクダの外套を引っかけて、ひとかどの紳士らしくなった清三に連れられて両人が東京駅に着いたのは二月の末のある晩だった。御殿場あたりから降り出した雪は一層ひどくなっていた。清三は駅前で自動車を雇った。為吉とおしかは、生れて初めての自動車に揺られながら、清三と並んで腰かけている嫁の顔をぬすみ見た。嫁は田舎の郵便局に出ていた女事務員に一寸似ているように思われた。その事務員は道具だての大きい派手な美しい顔の女だったが、常に甘えたようなものの言い方をしていた。老人や子供達にはケンケンして不親切であったが、清三に金を送りに行った時だけは、何故か為吉にも割合親切だった。

両人は、それぞれ田舎から持って来た手提げ籠を膝の上にのせていた。

「そりゃ、下へ置いとけゃえい。」

自動車に乗ると清三は両親にそう云った。しかし、彼等は、下に置くと盗まれるもののように手離さなかった。

「わたし持ちますわ。」嫁はそれを見て手を出した。

「いいえ、大事ござんせん。」おしかは殊更叮寧な言葉を使った。

「おくたびれでしょう。わたし持ちます。」

「いいえ、大事ござんせん。」おしかは固くなって手籠を離さなかった。為吉はどういう言葉を使っていいのか迷っていた。

やがて郊外の家についた。新しい二階建だった。電燈が室内に光っていた。田舎の取り散らしたヤチのない家とは全く様子が異《ちが》っていた。おしかはつぎのあたった足袋をどこへぬいで置いていいか迷った。

「あの神戸で頼んだ行李は盗まれやせんのじゃろうかな？」お茶を一杯のんでから、おしかは清三に訊ねた。

清三は妻を省みて苦笑していたが、

「お前、そんなに心配しなくってもいいよ！」と苦々しく云った。

「荷物は、おばあさん、持ってきてくれますわ。」嫁はおかしさを包みきれぬらしく笑った。

四

嫁は園子という名だった。最初に受けた印象は誤っていなかった。それは老人達にとって好もしいものではなかった。

駅で、列車からプラットフォームへ降りて、あわただしく出口に急ぐ下車客にまじって、気おくれしながら歩いていると、どこからやって来たのか、若々しく着飾った、まだ娘のように見えないでもない女が、清三の手を握らんばかりに何か話しかけていた。清三は、寸時、じいさん達を連れているのを忘れたかのように女に心を奪われていた。じいさんとばあさんとは清三の背後に佇んで話が終るのを待っていた。若い女は、話し乍《なが》ら、さげすむようなまた探索するような、眼《ま》なざしで二三度じいさん達を見た。と、清三が老人達の方へ振り向いた。女は、さっと顔一面に嫌悪の情をみなぎらせたが、急に、それを自覚して、かくすように、

「いらっしゃいまし。」と頭を下げた。それが園子だった。

両人は、嫁が自分達の住んでいた世界の人間とは全然異った世界の人であるのを感じた。郵便局の事務員が、村の旦那の娘で、田舎の風物を軽蔑して都会好みをする女だった。同じ村で時々顔を見合わしていても近づき難い女だった――両人は思い出すともなく、直ちに、その娘を聯想した。

彼等は嫁が傍にいると、自分達同志の間でも自由に口がきけなかった。変な田舎言葉を笑われそうな気がした。

女事務員が為吉にだけは親切だったように、園子は両人に対して殊更叮寧だった。しかし両人は気が張って親しみ難かった叮寧さが、嫁の本当の心から出ているものとは受け取れなかった。

「おばあさんに着物を買ってあげなくちゃ。」

「着物なんかいらないだろう。」

「だってあの縞柄じゃ……」

園子は、ばあさんの着物のことを心配していた。彼女の眼のさきで働いているばあさんの垢にしみたような田舎縞が気になるらしかった。ばあさんは、自分のことを云われると、独りでに耳が鋭くなった。丁度、彼女は二階の縁側の拭き掃除が終って、汚れ水の入ったバケツを提げて立ったまま屋根ごしに近所の大きな屋敷で樹を植え換えているのを見入っているところだった。園子は、ばあさんがもう下へおりてしまったつもりで、清三に相談したものらしかった。

「うら等があんまりおかしげな風をしとるせにあれが笑いよるんじゃ。」ばあさんは気がまわった。

「そんなにじじむさい手織縞を着とるせにじゃ。」じいさんは階下の自分等にあてがわれた四畳半で手持無沙汰に座っていた。

「ほいたって、ほかにましな着物いうて有りゃせんがの、……うらのを笑いよるんじゃせに、お前のをじゃって笑いよるわいの。」

「うらのはそれでも買うたんじゃぜ。」じいさんは自分の着物を省みた。それは十五年ばかり前に、村の呉服屋で買った、その当時は相当にいい袷柄《あわせがら》だった。しかし、今ではひなびて古くさいものになっていた。ばあさんの手織縞とそう違わないものだった。

「もっとましなやつはないんか?」

「有るもんか、もう十年この方、着物をこしらえたことはないんじゃもの!」ばあさんは行李を開けて見た。

絹物とてはモリムラと秩父が二三枚あるきりだった。それもひなびた古い柄だった。その外には、つぎのあたった木綿縞や紅木綿の襦袢や、パッチが入っていた。そういうものを着られるだろうと持って来たのだが、嫁に見られると笑われそうな気がして、行李の底深く押しこんでしまった。

ばあさんは、屋内の掃除から炊事を殆ど一人でやった。園子は朝起ると、食事前に鏡台の前に坐って、白粉をべったり顔にぬった。そして清三の朝飯の給仕をすますと、二階の部屋に引っこもって、のらくら雑誌を見たり、何か書いたりした。が、大抵はぐてぐて寝ていた。そして五時頃、会社が引ける時分になると、急に起きて、髪を直し、顔や耳を石鹸で洗いたてて化粧をした。それから、たすき掛けで夕飯の仕度である。嫁が働きだすと、ばあさんも何だかじっとしていられなくなって、勝手元へ立って行った。

「休んでらっしゃい。私、やりますわ。」園子はそう云った。

「ヘエ。」

「ほんとに休んでらっしゃい。寒いでしょう。」

「ヘエ。」ばあさんは火を起したり、鍋を洗ったりした。汚れた茶碗を洗い、土のついた芋の皮をむいた。戸棚の隅や、汚れた板の間を拭いた。彼女はそうすることが何もつらくはなかった。のらくら遊ぶのは勿体ないから働きたいのだった。しかし、それを嫁にどう云っていいか、田舎言葉が出るのを恐れて、ただ「ヘエヘエ」云っているばかりだった。

「じゃ、これ出来たら下しといて頂だい。」

おしかが、何から何までこそこそやっていると園子はやがてそう云い置いて二階へ上ってしまうのだった。おしかは鍋の煮物が出来るとお湯をかけた。

「出来まして……どうもすみません。」清三が帰ると園子は二階から走り下りてきて食卓を拡げた。

「じいさん、ごぜんじゃでえ。」ばあさんは四畳半へ来て囁いた。

「ごぜんなんておかしい。ごはんと云いなされ！」清三はその言葉をききつけて、妻のいないところで云いきかした。

「そうけえ。」

しかし、おしかはどうしてもごはんという言葉が出ず、すぐ田舎で使い馴れた言葉が口に上ってきた。

「おばあさん、もうそんな着物よして、これおめしなさいましな。……おじいさんもふだん着にこれを。」園子はやがて新しく仕立てた木綿入りの結城縞を、老人の前に拡げた。

「まあ、それは、それは。――もうそなにせいでもえいのに。じいさん、えい着物をこしらえてくれたんじゃどよ。」

「ほんとに、これをふだんにお召しなさいましな。」園子は、老人達の田舎縞を知人に見られるのを恥かしがっているのだった。

「どら、どんなんぞい。」園子が去ったあとでじいさんは新しい着物を手に取って見た。

「これゃ常着《つねき》にゃよすぎるわい。」

「袷じゃせに、これゃ寒いじゃろう。」ばあさんは、布地を二本の指さきでしごいてみた。

着物は風呂敷に包んだまま二三日老人の部屋に出して置かれたが、やがて、ばあさんは行李にしまいこんだ。そして笑われるだろうと云いながら、やはり田舎縞の綿入れを着ていた。

「この方が温《ぬ》くうてえい！」

五

じいさんは所在なさに退屈がって、家の前にある三坪ほどの空地をいじった。

「あの鍬をやってしまわずに、一挺持って来たらよかったんじゃがな。」

「自分が勝手にやっといて、またあとでそんなこと云いよら。」ばあさんは皮肉に云ったが昔のように毒々しい語調はなかった。

「あの時は、こっちに鍬がいろうとは思わなんだせにやったんじゃ。」

いつのまにか彼は近くで小さい鍬を買ってきて、初めて芽を吹きかけた雑草を抜いて土を掘り返した。

「こっちの鍬はこんまいせにどうも深う掘れん。」彼は傍に立って見ているばあさんと、田舎の大きな深く土に喰い込む鍬をなつかしがった。そして、二度も三度も丹念に土を掘り返した。

「こんな土を遊ばしとくんは勿体ない。何《なん》ど菜物でも植えようか。」とじいさんは、ばあさんに相談した。

「これでも、うら等が食うだけの菜物くらいは取れようことイ。」とばあさんは云った。

やがて、彼は種物を求めて来ると、

「こっちの人は自分のしたチョウズまで銭《ぜに》を出して他人《ひと》に汲んで貰うんじゃ。勿体ないこっちゃ。」と呟きながら、大便を汲んで掘り返した土の上に振りかけた。

「これで菜物がよう出来るぞ！」

「御精が出ますねェ。」園子は二階から下りて来て愛嬌を云った。

「へえェ。」じいさんは田舎の旦那に云うような調子だった。

「何かお植えになりますの？」

「へえェ。こんな土を遊ばすは勿体ないせに。」

「まあ、御精が出ますねえ。」そう云って、園子はそっと香水をにじませた手巾《ハンカチ》を鼻さきにあて、再び二階へ上った。きっちり障子を閉める音がした。

「お前はむさんこに肥《こえ》を振りかけるせに、あれは嫌うとるようじゃないかいの。」ばあさんは囁いた。

「そうけえ。」

「また、何ぞ笑われたやえいんじゃ。」

「ふむ。」とじいさんは眼をしばたいた。

「臭いな、こんじゃ仕様がない。」清三は会社から帰ると云った。「菜物なんか作らずに草花でも植えりゃえい。」

「臭いんは一日二日辛抱すりゃすぐ無くなってしまう。」

「そりゃそうだろうけど、菜物なんかこの前に植えちゃお客にも見えるし、体裁が悪い。」

「そうけえ。」じいさんは解しかねるようだった。

「きれいな草花を植えりゃえい。」

「草花をかいや。」じいさんは一向気乗りがしなかった。

「草花を植えたって、つまりは土を遊ばすようなもんじゃ。」

彼は腰を折られて土いじりもしなくなった。それでも汚穢屋《おあいや》が来ると、

「こっちの者は自分のしたチョウズまで銭を出して汲んで貰うんじゃ。……勿体ないこっちゃ。」と繰り返した。「肥タゴが有れゃうらが汲んでやるんじゃがな。」

汚穢屋の肥桶を見ても彼は田舎で畑へ肥桶をもって行っていたことを思い出しているのだった。青い麦がずんずん伸び上って来るのを見て楽んでいたことを思い出しているのだった。

やがて桜の時が来た。じいさんとばあさんとは、ぶっくり綿の入った田舎の木綿縞をぬいだ。

「温《ぬ》くうなって歩きよいせに、ちっと東京見物にでも連れて行って貰おういの。」

「うむ。今度の日曜にでも連れて行って貰うか。」

「日光や善光寺さんイ連れて行ってくれりゃえいんじゃがのう。」

「それよりぁ、うらあ浅草の観音さんへ参りたいんじゃ。……東京イ来てもう五十日からになるのに、まだ天子さんのお通りになる橋も拝見に行っとらんのじゃないけ。」

両人は所在なさに、たびたびこんな話を繰り返えした。天子さんのお通りになる橋とは二重橋のことだった。

「今日、清三が会社から戻ったら連れて行ってくれるように云おういの。」

「うむ。」じいさんは肯いた。

しかし、清三は日曜日に二度つづけて差支があった。一度は会社の同僚と、園子も一緒に伴って、飛鳥山へ行った。

「それじゃ花も散ってしまうし、また暑くなって悪いわ。」

と園子は気の毒そうに云った。

「明日でも私御案内しますわ。」

両人は園子に案内して貰うのだったら全然気がすすまなかった。どこまでも固辞した。

清三夫婦が日曜日に出かけると、両人は寛ろいでのびのびと手を長くして寝た。誰れ憚る者がいないのが嬉しかった。

「留守ごとに牡丹餅《ぼたもち》でもこしらえて食うかいの。」とばあさんは云い出した。

「お。」

「毎日米の飯ばかり食うとるとあいてしまう。ちっとなんぞ珍らしい物をこしらえにゃ！」

けれども米の牡丹餅も、田舎で時たま休み日にこしらえて食ったキビ餅よりもうまくなかった。じいさんは、四ツばかりでもうそれ以上食えなかった。

「もっと食いなされ。」ばあさんは、二ツのお櫃の蓋《ふた》に並べてある餅をすすめた。

「いいや。もう食えん。」

「たったそればやこし……こんなに仰山あるのに、またあいらが戻ったら笑うがの。」

「そんなら誰れぞにやれイ。」

「やる云うたって、誰れっちゃ知った者はないし、……これがうちじゃったら近所や、イッケシの子供にやるんじゃがのう。」

ばあさんは田舎のことを思い出しているのだった。うちとは田舎の家のことだった。

「お、やっぱりドン百姓でも生れた村の方がえいわい。」

夕方、息子夫婦がつれだって帰ってきた。

「お土産。」と園子は紙に包んだ反物をばあさんの前に投げ出した。

「へぇエ。」思いがけなしで、何かと、ばあさんは不審そうに嫁の顔を見上げた。

「そんな田舎縞を着ずに、こしらえてあげた着物を着なされ。」と、妻より少しおくれて二階へ行きながら清三が云った。

ばあさんは、じいさんの前で包みを開けて見た。両人には派手すぎると思われるような銘仙だった。

「年が寄ってえい着物を着たってどうなりゃ！」両人はあまり有りがたがらなかった。

「絹物はすぐに破れてしまう。」

六

「あれに連れて行て貰《い》うよりゃ、いっそうら等二人で行く方が安気でえいわい。」ある日じいさんはこう云い出した。

「道に迷やせんじゃろうかの。」

「なんぼ広い東京じゃとて問うて行きゃ、どこいじゃって行けんことはないわいや。」

そして、ある朝早く、両人は出かけた。

「お前等両人でどこへ行けるもんか。」出かけしなに清三は不安らしく止めた。

「いいや、大事ない、うら等二人で行くんじゃ」とじいさんは云った。

「今日行かんとて、いつか俺が連れて行てあげる。」

「いいや、うら等両人で行こうわ。」

清三は老父の心持を察して何か気の毒になったらしく、止めさせるような言葉を挟み挟み、浅草へ行く道順を話をし、停留場まで一緒に行って電車にのせてやった。

じいさんとばあさんとは、大きな建物や沢山の人出や、罪人のような風をした女や、眼がまうように行き来する自動車や電車を見た。しかし、それはちっとも面白くもなければ、いいこともなかった。田舎の秋のお祭りに、太鼓を舁《かつ》いだり、幟《のぼり》をさしたり、一張羅の着物を着てマチへ出る村の人々は、何等か興味をそそって話の種になったものだが、東京の街で見るものは彼等にとって全く縁遠いものだった。浅草の観音もさほど有がたいとは思われなかった。せわしく往き来する人や車を両人はぼんやり立って見ていた。頭がぐらぐらして倒れそうな気がした。

「じいさん、うら腹が減ったがいの。」と、ばあさんは迷い迷って、人ごみの中をようよう公園の方へぬけて来て云った。

「そんならなんぞ食うか。」

「うらあ鮨が食うてみたいんじゃ。」

両人は鮨屋を探して歩いた。

「ここらの鮨は高いんじゃないかしらん。」ようよう鮨屋を探しあてると両人はのれんをくぐるのをためらった。

「ひょっと銭が足らなんだら困るのう。」

「弁当を持って来たらえいんじゃった。」

「もう、よしにしとこうか。」ばあさんは慾しい鮨もよう食わずに、また人ごみの中をぼそぼそ歩いた。そして公園の隅で「八ツ十銭」の札を立てている焼き饅頭を買って、やっと空腹を医した。

「下駄は足がだるい。」

「やっぱり草履の方がなんぼ歩きえいか知れん。」

両人はそんな述懐をしながら、またとぼとぼ歩いた。

帰りには道に迷った。歩きくたびれた上にも歩いてやっと家の方向が分った。

「お帰りなさいまし。」園子が玄関へ出てきた。

両人は上ろうとして、下駄をぬぎかけると、そこには靴と立派な畳表の女下駄とが並べてあった。——園子の親達が来ているのだった。

予備大佐はむっつりとものを云う重々しい感じの、田舎では一寸見たことのない人だった。奥さんは一見して、しっかり者だった。言葉使いがはきはきしていた。初対面の時、じいさんとばあさんとは、相手の七むずかしい口上に、どう応酬していいか途方に暮れ、ただ「ヘエヘエ」と頭ばかり下げていた。それ以来両人は大佐を鬼門のように恐れていた。またしても、むずかしい挨拶をさせられた。両人は固くなって、ぺこぺこ頭を下げた。

「おなかがすいたでしょう。」坐敷を立ちしなに園子が云った。

「ヘエ、いえ、大事ござんせん。」

両人は、やっと自分達の四畳半に這い込んだ。

「うらあ腹が減ったがいの。」とばあさんは隣室へ聞えないように声をひそませて云った。

「ああ、シンドかったな。」

じいさんはぐったりしていた。それだのに両人は隣室にいる大佐に気がねして、長く横たわることもよくせずにちぢこまっていた。

「お前、腹がへりゃせんかよ?」

「へらいじゃ、たった焼饅頭四ッ食うただけじゃないかい!」

暫らく両人は黙っていた。隣室の話声に耳を傾けた。

「あのし等まだ去《い》なんのかいのう?」

「さあ、どうかしらん。」

「いんたら、うらあ飯を食おうと思うて待っちょるんじゃが。」

それでまた両人は黙りこんで耳をすました。

「やっぱり百姓の方がえい。」とばあさんはまた囁いた。

「お、なんぼ貧乏しても村に居る方がえい。」とじいさんはため息をついた。

「今から去んで日傭《ひよう》でも、小作でもするかい。どんなに汚いところじゃって、のんびり手足を伸せる方がなんぼえいやら知れん。」

ふと、そこへ、その子の親達が帰りかけに顔を出した。じいさんとばあさんとは、不意打ちにうろたえて頭ばかり下げた。

清三は間が悪るそうに傍に立って見ていた。

（一九二五年九月）

田園挽歌

一

秋のおだやかな日ざしが、稍《やや》、頭を垂れかけた稲穂を静かに照している。食物をあさる雀の群が彼方此方《あちらこちら》に飛び立って騒いだり、また、稲の間へ散らばって、頻りに穂をつついたりしている。

樹立にかこまれて処々に散在している農家はひっそりして、かたこその響も聞えて来ない。ただ、時々、鶏が鳴いたり、コッコッ餌を拾ったりする音が聞かれるばかりである。

午後三時頃だ。

学課がすんで放たれた子供達は、喋ったり石を投げたり、棒切れを拾ったりしながら、田の中に通じている道を、自分の家の方へ帰って行った。

部落の中ほどに、一軒の、茅葺《かやぶ》きの古い、かなり大きな家があった。納屋もあれば、倉もあり、門もあった。周囲には、大きなずんぐりした樫や、椎があった。

その家の前へ来ると、子供達の一人は、

「馬小屋の前へ来たぜ。馬は居るかしらん。」

と云った。

「よんでみろ。」

他の一人が云った。

やがて彼等は、

「ひいん、ひいん、ひひひひん……ひいん！」

と、門の中をのぞき込んで、口々に嘶《いなな》くまねをした。

家の前では、そこの小さい子供が、あぶなっかしい足どりで歩いていた。まだ、三ツになるかならないかだろう。ようよう始めて独りで立って歩きだしたらしい様子である。

彼等は、それを見つけると、

「あらッ！　仔馬が遊びよるがいや。仔馬が……。」

と調子にのって笑いだした。

「あれゃ牡《おす》かいや、牝《めす》かいや、……馬の仔、……ひいん、ひん、ひひひん、ひいん！

こりゃ行け！」

そうして、彼等は、鞭を振り上げる真似をした。

「はいしどう！　はいしどう！」

今まで、紙の箱を持って一人で遊んでいた幼い子供は、門口の騒ぎを何かと思って、うつろな眼で見ていたが、ふと、尻向けをして泣き出した。

家の中から母親のお十が走り出て来た。

「おや、親馬が出て来たぞ。」

と、子供達の中の誰れかが云った。すると、彼等は皆な揃って逃げだした。

「こら待てい！　何にいたずらをするんぞ！」

お十は草履をはいて追いかけながら、子供達の悪る口を云った。

子供達は囃したてて逃げた。

この茅葺の家の主人が馬吉という名だった。で、学校へ通う腕白盛りの子供は、何か折があると、それにかこつけてなぶるのだった。馬吉は人のいい、それだけにぼんやりした男だった。いくらなぶられてもやりかえすことを知らなかった。村の人々は好んで彼を呆《ほ》けの皮にして面白がっていた。それを子供達が見習って、馬の嘶く真似などをするのだった。

けれども、妻のお十がいると、村の人々もそうやすやすと、馬吉を馬鹿にした言葉を吐かなかった。

お十は、女ながらにきけ者で、腹黒かった。人々はひそかに彼女を恐れていた。

二

お十が馬吉の妻に貰われて来たのは、今から四年前だった。その時分には爺さんの杉太も、ばあさんのお英もまだ元気で、馬吉の弟の静二に手助けをさして、稼業——村の万問《よろずどん》屋《や》——を切りまわしていた。

静二は、色の白い、せいの高い、賢そうな男だった。その頃、この村には自転車が三挺《ちょう》しかなかった、その一挺には、厚司《あつし》を着て鳥打帽をかむった静二が乗って、肥料の註文を取りに農家を廻ったり、売る小麦の俵を秤《はかり》にかけに一軒一軒へ行ったりしていた。

爺さんの杉太は、商売のことから、一家の金銭の出納に関することまで悉く静二に相談していた。銀行の通帳や、実印も静二にまかしてあった。

「静よ、向いの頼母子講《たのもしこう》に入るか、どないするどいや。」

爺さんは、にこにこしながら、次男に相談した。

「ああ、入ったらよかろうぞ。」

静二は爺さんが云うことには反対しなかった。彼は、爺さんの言葉の調子で、爺さんがそれを心で切望しているかどうかを感じ分けた。そうして、爺さんが切望していることは自分でも、それをいいとして素直に同意した。

爺さんは、正月遊びに、よく賭博をやって負けた。ただ、そういう時だけは、翌る日静二が自転車で出かけた後、机の抽出しにしまってある預金の通帳と実印とを出して、自分で銀行へ行った。

「父ッつあん、銀行の銭《ぜに》が二百円も減っとるが、誰れがそんなに出したんぞいの?」

あとで静二がびっくりして爺さんにきくと、彼は、人の良さそうな微笑を浮べて恥しそうに、

「うむ、ありゃ、一寸俺に入用があってのう……そのなんでもないんじゃ、大事ない、大事ない。」

と、云うのだった。

「ふむ、そんならえいけんど。」静二もそれ以上は追及しなかった。「俺らまた、兄やんがちょっと要らんことにでも出したんかと思うて……」

兄の馬吉は、棒縞の筒袖の破れ着物を引っかけて、畠へ行ったり、山へ薪を伐りに行ったりしていた。そして、彼は、寒い日などには、水鼻汁《みずっぱな》をすすり上げながら、始終何事か口の中で呟いてむしむし働いた。

「鼻汁《はな》をかめ！　馬よ。」

杉太爺さんが見兼ねて、こう云っても、彼は、自分の呟きに聞き入って、何を云われたのか分らなかった。

「ああん？」

彼は、口をポカンと開けて父の方を見た。

「お前は一人で何を云《い》よるんぞいや？」

「何《な》に？」

「何に？――じゃないよ。こうやって鼻汁をかめい！」

杉太は、自分で、指を鼻にあてて、手鼻をかんでみせた。

「ああ、そんなことけえ。」

そこで始めて馬吉は父の真似をした。

しかし、鼻先に長く垂れた粘液は、細い糸のように暫らく風にたゆんでいた。

三

お十は、馬吉の嫁に貰われた時、あまり気がすすまなかった。

静二は二十二歳で、馬吉は二十四歳だった。そして、兄弟がこうも異《ちが》うものかと不思議がられる程、二人は、その心も、それから内なる心が自ら表われて来る外貌も異っていた。

静二には、内に充実したあるものが見られた。が、馬吉の内部は空洞《うつろ》であるとより思えなかった。強いて、二人の共通点を見つけ出そうとするならば、人の好さと、恰好よく立ち上っている耳朶《みみたぶ》とに求めるより外はない位いだった。

お十はどうも気がすすまなかった。

馬吉が「抜け作」であることは村中に知れ渡っていた。彼女は、ちょっと品のある静二にならば云い分ないのだけれど――というようなことを母の前で漏した。

すると、利にさとい、母のおぬいは、きッとなって、

「阿呆なことを云う人みい、この子は！」

と娘を叱りつけた。

「何が阿呆じゃ、……私ゃ、あんな馬吉やかい好かん！」

とお十は遠慮せずに云った。

「杉太さんとこの財産は、皆な馬吉のものじゃないか。静二がなんぼ自転車に乗ってやり歩いたって、あれの物は何一つ有りやせんのじゃ。それに、馬吉を捨て、静二がえいというのが、阿呆じゃ無うて何と云えりゃ！」

とおぬいは云いつづけた。

「折角向うから声がかかって来とるんじゃせに、文句を云わずに黙って行けや、お前はえらい出世をするんじゃないかい！」

「……」

お十は、うつむいて黙っていた。

「文句を云わずに行きゃえいんじゃ。そうすりゃ、お前は、えらい出世をするんじゃないか！」

と、母は繰りかえした。

お十は、家が貧しくて、随分幼い時から苦労をして来ていた。で、亭主が少々モッサリしていても、金さえあればいいというような気が、しないでもなかった。馬吉の家には、田畑や山林もかなり有った。そしてまた、商売もうまく行って、現金をも大分作っているということだった。商売の資本を他から借りていないのみならず、方々へ現金を貸付けているという噂だった。

母が、やっきになってすすめるのは、そういう財産をあてにしてのことであるのは云うまでもなかった。

三日ほど考えた。

そして、とうとう彼女は馬吉のところへ行くことにきめてしまった。

杉太と、お英とは、息子が足りないことを苦にしていた。そして、わざと貧乏な家の娘を物色したのであった。

お十が始めて、嫁いで行った時二人は、

「われゃ、よく来て呉れたものじゃ、われや、ほんまによく来て呉れたもんじゃ。帰るんじゃないぞ。――居って呉れよ！」

と、丁度子供にでも云いきかせるように、何回も繰りかえしてにこにこした。

新しい両親も、それから馬吉も全く人がいいのを見ると、お十も悪い気がしなかった。自分が急に幸福な園へとびこんで来たようにさえ感じた。

四

馬吉に嫁を貰ってやると、次には静二の嫁を探しにかかった。

隣村の建具屋の初枝という娘が選ばれて話が纏った。桜色によく肥った、そして美しい無邪気な娘だった。結婚式があったのは三月だった。

爺さんと婆さんとは、お十が来た時以上に乗気になった。屋内の壁をきれいに塗りかえたり、畳を新しくしたり、障子を貼りかえたりした。

「お十よ、鍋台を洗うとけ。」

「はい。」

婆さんは、白髪《しらが》のまじった頭に手拭をかむって、燻った柱や鴨居を雑巾で拭きながら嫁に云いつけた。

「お十よ、あの真鍮の金盥《かなだらい》をみがいとけ。」

「はい。」

いつのまにか、両親のお十に対する態度が無遠慮になっていた。彼等は女中にでも仕事を云いつけるように、次から次へすることを持ちかけた。

「お十よ、便所を拭いといて呉れ。」

「はい。」

お十は、身体を使うことにはなれていた。いくら働きつづけても、つらいとは思わなかった。しかし、心では、何か裏切られたような、淋しさを感じない訳には行かなかった。

初枝が来ると一家の食物が変った。結婚式前後の振れ舞いがある五六日間は別だが、これがすむと、一家の者は平常《ふだん》の麦飯を食うようになる。これが田舎ではあたりまえのことだった。お十が来た時にもそうだった。ところが、今度は、十日たっても、二十日たっても皆なが米の飯を食っていた。

お十は嫁いで来た、初めの一カ月間ほどは、胸がわくわくして、腹が一杯になったようで飯が食えなかった。初枝もそれと同じ状態にあるらしく。いつも茶碗に一ツほどしか食わなかった。

「遠慮をせずに、腹いっぱい食ええよ、ここはお前の家だ。」

爺さんは、一家の中で特別に際立って、色が白くて美しい初枝に、自分の妻ででもあるかのように見とれながらこう云った。

初枝は、お十が一度も着たこともないような派手なメリンスをおしげもなく常に着ていた。

古くって燻っていた、暗い家の中が急に大きな鏡でも持ちこまれたように明るくなって来た。爺さんも婆さんも静二も、それから馬吉までが、にこにこしていた。

馬吉はどうしていつも米の飯を食《くわ》せるのか、婆さんに訊ねたりしながらウンと大食した。

お十はひそかに、自分の容貌のあまり美しくないことが、省みられた。

静二夫婦は、仲がよかった。

夜が来ると、二人はつれ立って、二里ほど向うにある町へ散歩にいった。そして、いつも何か珍らしい物を買っては、乗合馬車で帰って来た。二人の部屋には、花瓶や、額や、大理石の置物や、茶簞笥等が飾られて行った。

けれども、それから三カ月ほどたった、夏の初め頃、初枝は投やりに湯巻一つで風呂から、出て来て、

「人間が、このままころりと死んでしまえるんじゃあったら、世話がのうて、えいんじゃけんどのう。湯灌してもらうことはいらずただ髪だけ剪《つ》んで貰うて、棺桶に入れて貰やえいんじゃせにのう。」

冗談ともつかず、真剣とも思えないような調子で、こんなことを云いだした。

五

爺さんと婆さんとは、戸外の涼み台で、夜がふけるまで小声にひそひそ話し合っていた。蚊がしのびよって来ると、二人は話をやめて団扇《うちわ》を使った。

「よう爺さん、いつまでも二人を一緒に居らせることは出来んぞよ。」と婆さんが云った。

「うむ……。」

「なんぼ兄弟でも、嫁を貰うたら、今までのように、仲良くは行かんもんじゃ。」と婆さんはつづけた。

「喧嘩をせんうちに、新宅でもささんと……」

家の中で何か声がした。お十と馬吉とは昼間稲田へ水を汲んで、疲れきっているので、さきに寝ているのだった。が、それがまだ眠入《ねい》っていないものらしい。

婆さんは暫く話をやめて、頻りに団扇を使った。

お十が勝気でいつまでも初枝と一緒に居らせる訳には行かないのを、人のいい婆さんも、うすうす気づきかけているのだった。それにもう一つ、静二に家を建ってやって、自分達もその方へ行って、のんきに暮したいのだった。年がよって野良仕事をするのは、彼等にとって何よりつらいことだった。

「馬吉とお十にゃ百姓をさすんじゃな。」と爺さんが云った。

「ああ。」

婆さんはうなずいた。

また家の中で何か声がした。しかし今度はそれが老人達には聞えなかった。二人は、思っていることを話しつづけた。

お十は蚊帳の中へ入ったが、まだ眠っていなかった。彼女は、戸外の話声に耳を傾けていた。

爺さんと婆さんは、山林と田畑とは馬吉に譲るつもりらしかった。そして静二には有金をやって問屋をやらせようとしているのだった。

お十はその話をひそかにきくと、馬吉をゆり起した。が、馬吉はぐてぐて眠入って正気づかなかった。

お十はひとりで話をききつづけた。

静二の家は村の中ほどにある田を屋敷に地上げして建ててやろうという計画だった。そして野菜を作る位いの畠はつけてやるが、その他の田畑は、徒に、労多くて収益が上らないから馬吉のものにしておくつもりだった。

お十は話を、ききながら、胸をわくわくさした。そしてまた馬吉をゆり起した。

「起きなされ、起きなされ！」

彼女は小さいが、しかしきつい声で夫に云った。

彼女は容色《きりょう》のいい初枝が、殊更に歯痒《はが》ゆく憎くなった。この家の有金の方が、田畑や山林を金目に見積った総額よりも多いことは、村の人の等しく認めているところだった。

「総領のなりをして、弟にうまい汁を吸われてしもうんじゃ！……お前さんしっかりせにゃ駄目じゃ！」

彼女はねむそうに、ぶつぶついっている馬吉に邪慳にこう云った。

六

お十は馬吉と二人で山へ行ったり、田畑へ行ったりしていた。野良仕事はらくではなかった。爺さんと婆さんとは、忙《いそが》しい収穫や田植の時には手伝うが、常には、家でお茶をのんだり、煙草を吸ったりして、のらくらと一日を送っていた。

静二は問屋の仕事ばかりをやっていた。初枝は裁縫をしたり、何かの用事にかこつけて実家へ行ったりしていた。彼女は野良仕事をしたことがなかった。お十と馬吉とが、田畑の仕事にいそがしそうにしていると、彼女も鍬を持って、行こうかと云ったりしたが、爺さんは、

「お前は畑へやこし行かいでもえい、家に居れ。」と止めた。

初枝は、爺さんが彼女をかばって、荒仕事をさせまいとしているのを諒解していた。そして彼女は何か気の毒いような心持になった。

「私《わたし》、行ってもかまいやしませんぞな。」

と彼女はいった。

「いいや、お前は行かんでもえい。」と爺さんはにこにこしながら云った。「百姓はお十と馬吉がするせに、お前は心配せいでもえい。鍬や土を握ったら、その白い手が荒れてしまおうが！」

初枝は、恥しそうにうつ向いていた。

お十は、こういうことを傍観して、益々気持を悪るくした。彼女は、何等仕事らしい事をせず、ひたすら身をやつすことにのみつとめている義妹《いもうと》が小面《こづら》が憎くなった。爺さん達の、話を蚊帳の中でひそかに、ぬすみぎきした翌朝、彼女は、

「なにもかも弟にやってしまやえいんじゃ！　私はもうこんな家に居るのは御免じゃ。もう暇を貰うて親元へかえりますぞえ！」

と門さきで大声に叫んだ。

「何ぞいや？」

馬吉は、その傍に立って何だか訳が分らずに、うろうろしていた。彼は顔を洗ったのだが、まだ目尻にめくそをつけていた。

「私はもうこんな家で百姓ばかりをするんは御免じゃ。何から何まで骨の折れる仕事

はこっちへ押しつけてさしといて、呉れるものったら、がらくたのような山と畑だけじゃ――さあ私はもう暇を貰いますぞえ！」

「何云いよるんぞいや。」

「あの惣嫁《そうか》のように、日にも日にも顔ばかりか、手や足にまで、白粉をぬりたくる女子に何もかもやってしまやえいんじゃ！　私はもうこんな家で辛抱するんは御免じゃ！」

そうして彼女は、そこら中にある鍬や鋤や、空《から》の肥桶を手あたり次第に取って、地に投げつけた。

馬吉は、それを無神経に見ていた。

お十は、ぶつぶつ云いながら、ついには涙声になって、投げたものを拾ってはまた投げつけた。が、やがて、

「私はもう親元へ行っちまう……、こんな家に居るもんか！」と云いながら、道の方へ走り出した。

「お十よ、どこへ行くんぞいや？」

馬吉は後から追っかけて行った。

「お前はもう来いでもえい！」彼女は夫を突きのけた。

「何云うんぞい！」
馬吉は背後から妻を抱《だ》きとめた。

七

初枝は鏡台の前に坐って化粧をしていた。すがすがしい夏の朝だった。彼女は浴衣をゆるく着て、胸をはだけていた。よく肥っている彼女は、涼しい朝のうちから、ややもすると汗が出そうになったりするのだった。

静二は、起きて来ると、昨夜、町から買って来た万年筆を出してひねくりまわしていたが、ふと立って、初枝の背後《うしろ》へ来て肩へ両手をかけた。

「ばあ。」

彼は、自分の顔を妻の顔の方へ持って行って、大きな鏡をのぞきこんだ。

「あら、いや。」初枝はそう云いながら、結《ゆ》ったばかりの頭髪《かみ》がくずれるのもかまわずに、にこにこしていた。

二つの顔が鏡にうつっていた。二人はお互の顔を見あった。一つは、面長の、白いというよりは寧ろ蒼くなっている、神経質な弱々しい感じのするものだった。もう一つは、丸くって、血色がよかった。少しおでこになった額の上には、黒い房々した髪があった。

「これが夫婦かい。」

と静二が不思議そうに云った。初枝は笑っていた。

「顔を較べてみようか。」と、また静二が云った。

「どっか眼もとが似ているわ。」

「うむ。」と静二はじっと鏡を見入った。

「似た者夫婦かな。」

「さあ……」

静二は目をぱちぱちしばたたいて、それから大きく笑った。が急に笑いやめて素早く初枝の肉づきのいい丸い頬に唇をつけた。そしてすっと立って顔を洗いに出て行った。

「嫂さんが、気狂のように、桶や盥をこわしているよ。」

顔を拭きながら這入って来ると静二が云った。

「どうしたんですか?」

「何でも山や畑へ行くのを嫌っているようだ。」

「私嫂さんがこわくって仕様がない。」と初枝は夫の顔を見た。「私何もかも、あの人に取り上げられてしまいそうな気がするの。」

静二はそれには答えなかった。そして、また鏡のところへ顔を持って来た。

「ばあ。」

「いや、今度はいや。」初枝は両手で、彼の顔をさえぎった。

「白粉が落ちると思って、警戒してやがる。」

静二はそう云って、からから笑い出した。

丁度その時、お十が馬吉に手を引っぱられて入って来るけはいがした。静二は立って、初枝の室から出た。

お十は頭髪も服装も乱して、顔は涙で汚していた。そして両手をぴくぴく痙攣するように顫わしていた。

「弟のくせに甘い汁を吸いやがって、私等にゃ、がらくたを残して呉れるんじゃ！」彼女は涙声で云った。

「何云うんじゃ！」

と馬吉がたしなめた。

またお十は、そこらにあるものを手あたり次第に取って放りだした。彼女の胸は病的に波立っているのだった。馬吉が手をぐいと引くと、彼女は、すたすたと座敷へ上って来た。と思うと、火鉢に沸きたぎっている薬罐を取って、二三歩台所でよろよろした。その瞬間それを次の部屋へ投げつけた。

初枝のさけるような、恐しい叫び声が、次の部屋からひびいて来た。土間の方へ下りていた静二には、妻が恐ろしさにびっくりして、天井へ届くほどとび上ったように思われた。

八

初枝は、浴衣一枚で鏡に向っていた。ところがその背の上へ沸騰している薬罐がとんできてひっくりかえったのであった。彼女には全く思いがけのない不意打ちだった。

彼女の悲鳴は、近隣の人々がこれまでに聞いたことがない位い恐ろしいものだった。離れに寝ている爺さんと婆さんは、眠をさまして起き出ようとしている時だった。

二人は起きようとしながら、昨夜の話を繰りかえしていた。新しく家を建って、静二夫婦をそこへ移らせるということよりも、自分達が新しい家へ隠居をするという意味で移って行くことに、話の中心は偏《かたよ》りがちだった。息子をよくしてやることよりも、自分達が安楽な境遇に身を置きたい心が先に立っていた。

「わしは隠居でもしたらお四国巡りにでも行って見ようか。」と爺さんは云った。

「あい。」

と婆さんは答えた。

「高野山から善光寺さんへ参って来るんも悪るくはないぜ。どうせ、一生に一度は善光寺さんへ参らにゃならんと、わしは思うとるんじゃ。」

「秋にでもなったら、私と一緒に行くとえい。」と婆さんは云った。

その時、主屋の方で、きャァ！……と云う悲鳴が聞えた。二人は話をやめて、

「どしたんぞいな。」と云った。そして起きかけた。

爺さんが離れから出て行くと、お十はいつものむつかしそうな顔に一寸、微笑を浮べて、主屋から出て来た。馬吉は妻のあとからもそもそとついてきた。

座敷では初枝が俯向けになって、顔を畳にすりつけていた。浴衣を取り去った背が、肩から腰まで紅くなっていた。大きな鏡には割れ目が入り、化粧品の罎や箱はそこらあたりに乱れてころんでいた。そして畳はじとじとになっていた。

「どうしたんぞいや?」と爺さんは聞いた。

初枝は、黙って、せわしく小きざみな息をつづけた。

「どうしたんぞいや?」

やはり初枝は黙って頭を上げなかった。

「こんなところに薬鑵がころんどるじゃないかいや。」

婆さんは部屋の隅に空になって、ころんでいる薬鑵を見つけた。「誰がこんな性悪るをしたんぞいや。」

「頭の方は、ぴりぴりしやせんかい。」静二が手拭を冷水に浸して、持って這入って来た。

初枝はちょっと頭を動かした。

「背中だけだな。」

静二は冷たい手拭を拡げて初枝の背にあてた。

「どうだ、気持がいいか。」

爺さんと婆さんとは、暫く、どういう事があったのか了解できなかった。婆さんは訳が分らずに、ぬれた畳を拭いたり、散らばった罎や箱を一と所へ集めたりした。が、やがて云った。

「うむ、お十の仕わざか。あいつは、どうならん奴じゃ。」

彼女は、ちょっと、言葉を切って、また云った。

「あいつはどうならん奴じゃ！……がまあこらえてやれ。」

静二は、再び冷たいのにかえてやろうとして、さきの手拭をとった。と、今まで、ただ赤くなっていたばかりの皮膚が、処々ふくれ上って水泡になっていた。

「これゃいかん！」

彼は思わず叫んだ。

九

火傷の程度は、幸い、生命に関するようなことはなかった。頭や顔にも熱湯をあびてはいなかった。で、傷の痕跡が残るのは、背部だけだった。けれども傷はなかなか癒らなかった。水泡のつぶれたあとがいつまでも、じくじく湿っていた。

初枝は、静養するために実家へ帰った。

彼女は、どこまでもお十を怖れていた。たとえ家を建って別になったところで、お十が何時やって来て害を加えないとも限らない。ひどくおじてそんな風に考えていた。爺さんも、婆さんも、静二も時々見舞に行った。

お十は、一度、初枝や、向うの両親にあやまりに行かねばなるまいと爺さんから云われたが、どうしても行こうとしなかった。

「お前行っておくれ、私は嫌いじゃ。」

彼女は、爺さんの前で、夫の馬吉に、こう云った。馬吉は何とも云わずに、突立っていた。やがてお十が、着物の裾を少し引き上げるようにして、向うへ行くと、彼は、

「あれが行かんのなら、俺でも行かにゃなるまい。」

と呟いた。

初枝の父親は、頬から顎にかけて、針金のような剛い鬚をはやしていた。そして、それをいつも五分ほどの長さに伸して、新しい戸や障子などを狭いほど、沢山立て並べてある店で、始終、ごそごそ働いていた。

「お十さんはなかなかえらい人じゃなア！」

妻の代りにわびに来た馬吉に、彼は皮肉にこう云った。

「へえ、あれは、えろうもあるし、よく働きもするんで……」と、馬吉は云った。

「ふむ。そうじゃあろう。……お前さんはなかなかえい嫁さんを持っとるのう！」

「へえ。」

馬吉は、にやにや笑っていた。

初枝の父は、馬吉が帰ったあとで、苦々しく笑って、ぺッと唾を吐いた。

彼は静二が行っても、爺さんが行っても、お十と、その母親のおぬいとの悪る口を繰りかえした。

彼は云うのだった。

「わしが若い時分にゃ、よく山へ牛の飼い葉を苅りに行きよったもんじゃが、その山へ行く道ばたの畠で、いつもあのおぬいが、まだ拇指ほどしかない芋を掘りよったもんじゃ。そいつを、こっちから盗人とでも云おうものなら、早速、芋をどっかへかくして、怒って来るんじゃ。口の悪い、負けず嫌いで、……いや、ろくな女じゃない！」

と、彼は言葉を切った。そして煙草を吸いながら、

「あの女の子じゃからのう……あんな奴がいちゃ大変じゃ。」

そして、何か意味ありげに笑った。

四カ月ばかりたって、初枝の傷は殆んど癒えた。もう仰向《あおむき》になって寝ることが出来るよ

うになった。

しかし、彼女は、静二に対して、ひそかに妊娠を拒否するような態度をとった。

一〇

静二は昼間、時々自転車でたずねて行った。そして、鬢の父親から、お十の悪口をきかされて帰って来た。彼は、座敷へ上るように云われないと遠慮して、よく奥へ通らない性質だった。いつも彼は、店の上り框《かまち》に腰かけていた。初枝は、滅多に店へは顔を出さなかった。

「お十さんはどうしていますかい?」

父親は、彼の顔を見ると、こう云って皮肉に笑った。

十月の初めに、静二は、麦蒔きの肥料を仕入れに、汽船で本土の方へ行った。そして、三週間ばかり方々をかけずりまわった。

いつも取りつけている合資会社が、行ってみると、最初送ってよこした相場表から一割ずつ鯡粕《にしんかす》も、大豆粕も、ともに値上げしていた。

彼は仕入れに来る前に百姓の家々をまわって、大体の相場を云った。需用高をきいてきていた。で、はじめの相場から一割も高くなると、買って帰っても、代金取立てが困難になることを、どうしても想像しなければならなかった。彼は、他の卸問屋へ行ってみた。そして、それからまた、別な町へ行って、予定の値段で仕入れられるように交渉した。そういう風にして、いつもは一週間ですむところを、三週間もかかったのであった。十月の末になって、帰って来ると、彼は、翌日早速、建具屋へ行った。

「もう、あれはすっかり癒ったでしょうか?」

彼は店にいる父親にきいた。

「……。」

はじめから、静二には、ろくに顔を向けずに、お客にいろいろな襖《ふすま》を引き出して来て見せていた鬚の父親は、何か曖昧な返事をした。そして、お客が四枚で一間半になる分を届けて呉れるように云って帰ると、奥の方へ行ってしまった。

静二は上り框で待っていた。

暫らくして、彼は再び店に出て来た。

静二は、初枝のことを繰りかえしてきいた。

「あれはどんなにしていますか？」

「……」

父親は、何か訳の分らぬことを云った。

静二は変になって来た。少しの間黙っていて、三たび「あれは居るでしょうか？」

ときいた。

「――」

父親は、知らぬ顔をして、新しく仕入れた障子に符牒を入れだした。

静二は、上り框にじっと腰かけているのがひどくきまりが悪くなって来た。

家の中はひっそりしていた。初枝らしい無邪気な声は全然きこえてきなかった。

静二の胸は何か、ひどく波立って来た。

二

初枝は村にいなかった。

静二は、三里ほど向うの港まで行って、汽船の乗客名簿を調べた。五日前に遡って、彼は初枝の名前を見つけ出した。そして、彼女のあとを追って汽船に乗った。

家では爺さんと婆さんとが沈みこんでいた。

「お前、もっと早くから手をまわしておけばよかったのに！　やちもないことになった。」と婆さんは云った。

「俺ら、こんなことになろうとは思わんせに。」爺さんは物悲しそうに云った。そして吐息をついた。

「今からでもまだ取り戻せんことはあるまい。」暫らくして婆さんが云った。「お前、仲人のところへ行って頼んでみなされ。」

「うむ。」爺さんは鼻をすすり上げた。

やがて、彼は、着物を着かえて、風呂敷に包んだ菓子折をさげて出て行った。

お十と馬吉とは麦の肥料にする鯡粕を土間のカラウスで、細かくはたいていた。お十はカラウスを踏みながら、べちゃくちゃ喋っていた。馬吉は、ただ、「うむ、うむ。」と妻の云うことを聞いていた。話は子供のことや、お産のことだった。妊娠してカラウスを踏んでいて、台から滑り落ちて流産をした女がある、お十はそんな話をした。

「じゃ、お前は下りてこれをなでこめ、俺が踏む。」

臼のところに蓆を敷いて坐っていた馬吉が云った。お十は妊娠しているのだった。

「いや、私が踏む。――お前さんは、のろのろするから辛気臭うてどうならん。」

とお十はつけつけ云った。

「あぶないことはないかいや。」

「そんなにぼんやりしとりゃせん！」

お十はガタンガタンと杵を鳴らした。そしてまた、何かべちゃくちゃと喋りつづけた。

婆さんには、それが耳にたった。

「お前等。ちっと黙って仕事をせんか！」

と彼女は云った。

「ヘイ。」

お十が癇高い調子で答えた。暫く、杵の音ばかりがつづいた。

婆さんは憂欝にふさぎこんでじっと座敷に坐っていた。

やがて、また、お十が喋りだした。

「仕様のない女《あま》じゃ！」

婆さんは嘆声をもらした。

彼女は立って、離れへ行ったり、門の方へ出たり、田の中の道を小川のところまで行ったりした。向うの方を見ても、爺さんらしい人は帰って来なかった。

夕方になって、爺さんはげっそり疲れて帰って来た。そして持って行ったままの菓子折を座敷へ上ったところへ投げ出した。

「どうじゃったどいの?」と婆さんはきいた。

「ああ、」爺さんはぐったり畳の上にへたばった。「シンドイシンドイ、もう俺は力が抜けてしもうた。」

婆さんは事の成り行きを了解した。ランプを消して寝床についてから彼女はきいた。

「仲人は力を入れては呉れんのかいの?」

「うむ。」

「お前、もっと早くから手を廻しときゃよかったのに!」

「いや、やっぱり縁がなかったんじゃろう。」

と爺さんは吐息をついた。「思い切るより外、仕様があるまい。」

五日たって、静二がやつれて蒼くなって大阪から帰って来た。彼は、一週間ほど床について、蒲団を引っかむって寝た。

一二

半年ばかりたって、爺さんと婆さんとは、二人目を探そうと云い出した。が、本人の静二が一向乗気にならなかった。そして、彼は、毎晩、どこかへ遊びに出た。問屋の仕事にも力を入れなくなった。彼は家族が寝静まった後、十二時すぎになって帰ってきて、軽い咳をしながら寝床に入った。そして、また、しばらく、咳きつづけて痰を紙にとったりした。

彼は、時々、熱を出して寝こむようになった。胸の病気が知らず知らずのうちに進行しているのだった。

お十は、ソロバンが達者だった。

爺さんが勘定に忙《いそが》しい時には、ツケを書くのを手伝ったり、銀貨まじりの少額の金を、百姓の家へ届けに行ったりした。静二が寝ていると、彼女は大きな顔をして、銀行へ金を出し入れに行った。そして、半年ほどのうちに、商売の勝手をすっかりのみこんでしまった。

前には、夕食後、夜ナベに、洗濯物を縫ったり、着物の破れをつづくったりしていたものだが、今では机に向って、尋常五年まで行った覚束ない筆で帳面をつけた。

「お十よ、これゃ、なんぼになるんどいや?」

彼女が産後の衰弱で寝ている時にでも、老いて、勘定ごとを面倒臭がっている爺さんは、のこのこと帳簿を持って訊ねに行ったりしだした。

彼女は、頭がはっきりしていた。そして、勘定ごとはいつも正確だった。村の人々の気質をもはっきりのみこんでいた。誰れには、どう持って行けば肥料《こやし》を買うとか、こういう風に話をすれば百姓が小麦を安くで売って、おまけに、それをこちらへ荷車で運んで来るとか、どこそこへは、何時頃に行けば主人がいて話が纏るとか、――こういったことを一々わきまえていた。

これまでは、どちらかと云うと、むつかしい顔をしていた彼女が、今では、人に会うと笑顔を作って頭をさげた。そして、何でもないことにきゃあきゃあ笑いながら、あたりかまわずに癇高い声で話をした。彼女は、近村の出来事ならば何でも知っていた。例えば、どこの姑と嫁とが、いつ、どんな風に喧嘩をしたとか、誰れは、どれ位い金を持っているとか、彼処の娘は派手な風彩をしているが、実は、ひそかに男を引き入れているとか、――こんなことは、何でも彼女に聞いて分らないことはなかった。で、誰れかが、彼女を、「村の新聞」と云った位いだった。

もう今では、村の人々は、彼女が義妹《いもうと》に薬罐を投げつけたことを忘れてしまっていた。彼女が笑うと、人々も同じように笑いだした。

お十は、嫁に来てから三年目に男の子を産んだ。保一と名づけた。それから二年たって、女の子を産んだ。朝子と名づけた。彼女は子守もやとわずに、自分で赤ン坊を背負って、小足にしゃきしゃき百姓の家へ肥料の註文をとりに行ったり、新案特許の鍬を手にさげてまわったりした。

馬吉は、彼女に云われるがままに荷車を引いて港へ着いた肥料を取りに行ったりした。

一三

朝子が生れて百日目に、お十は、赤ン坊にメリンスの着物を着せてお宮へ参った。それは、三月の始めの、寒さがようよう去ったというような温い日だった。

彼女は帰りに親元へよって、馬吉が荷って来てあった色餅をお重に入れて、姪に近所へ配らせた。

　隣の子供達は、赤ン坊を見にやって来た。

　彼女は、お宮の下で買った安菓子を分けてやった。お十が幼なかった時分に、醤油屋へ嫁に行った隣の娘が、親元へ来ると、よく遊びに行って、菓子を貰ったものだった。まだ物心づかない年頃であったが、お十は、じいっと娘のやわらかい頸すじや、おだやかなものごしに見入っていた。自分等のように、貧乏な、しょっちゅう食う物がなくって、がつがつ番茶や水ばかりを飲んでいる人間とは、全く別な、豊かな世界へ、その娘が行っているように彼女は想像した。娘につき纏っている匂いや、色彩などが、彼女には望ましい、羨しいものに思われた。ところが、今、お十は、その娘と同じように金のある、他人《ひと》に羨まれる（彼女自身でこんな風に思っていた）ところへ行っているのだった。

　お十は、母のおぬいに酒代をやって、夕方まで、むさくるしいウスベリの上に坐っていた。

　おぬいは、壜詰を買って来て、壜からじかに、冷や酒を飲んだ。そして、お十にも茶碗を渡した。おぬいは、酒好きで、子供の前などでは遠慮せずにがぶがぶ飲んだ。彼女はお十がいい家へ行っていることを他人に誇っていた。

「彼女《あれ》も、子供に着物位いは買うて着せることとなってのう。」

何か、他人との話のついでに、一寸お十のことが出て来ると。彼女はすぐ思わせぶりにこう云うのだった。

お十は、酔って来ると、自分のことを喋りだした。

「醤油屋にゃのう、いつかどの旦那さんのようにしよるけんど、家《うち》にゃ大分の金をあしこへ貸しとるんどよ。」

「ほう、そうかいや。……えらそうにしよっても、他人の褌で角力をとっとるんじゃ。われが、そんじゃ、貸しとる金でも戻せと云うたら、ぶっ倒れそうになるんじゃろう。」

「はあ。」

「ひとつ、貸しとるだけ一時に取り戻して、二進《にっち》も三進《さっち》も動けんようにしてやれゃえい。」おぬいは、ずるそうに笑った。

そして、暫らくして、また、

「あの、静二の青瓢箪は、もうこの頃出て来やせんのかいや。」ときいた。

「はあ、あいつにゃ。銭じゃって、商売じゃって、手をかけさせやせんのじゃ。毎日、ぐてぐて寝てばかり居らあの。」とお十は答えた。

「うむうむ。あいつの物は、何一つ有りやせんのじゃ。家の物は何から何まで竈の灰まで馬さんのものじゃせにのう。」

「はあ。」

夕方、帰りがけに、お十は、なお母親に皺くちゃになった一円札を三枚手渡した。村は山脈に平行して、田畑と共に細長くなっていた。親元から家までは二十町もあった。お十が赤ン坊を背負って家の門をくぐると、主家の方で何か人声がした。土間に這入ると、見馴れない表つきの女の下駄があった。彼女は、急に胸がドキドキするのを感じた。

一四

お十はそっと立って様子を伺った。

馬吉が出て来た。彼は腹がへって、何か食いたいというような顔をしていた。

「誰れか来とるん?」

お十は小声で聞いた。

「うむ、……うむ。」

馬吉は何を意味するともなく、うなずいた。

「誰れ?」

お十は再び夫にきいた。

馬吉は、口籠って眼をしばたいた。

と、間入戸《まいりど》の向う側で、甘えたような女の声がした。それで、お十は、馬吉の妹のお龍であることを知った。そしてほっとした。

「お十か!」

婆さんが向うの部屋から云った。

「へイ。」

座敷には、持って帰ったばかりの柳行李が置いてあった。

お龍は、静二より四ツ下の妹だった。裁縫を一と通り習うと、それから大阪へ奉公に行っていたのであった。婆さんは、一人娘を家から出すのを好まなかった。が、お龍は家にいるのを窮屈がった。そして、十八の時、村を出て行く七八人の娘達と若者にまじって無理に行ってしまったのであった。彼女はほんの時たまにしか、家へは頼りをよこさなかった。

婆さんは、あまり久しく頼りがないと、心配して、静二に葉書をかかしたり、大阪から帰った人に様子を訊ねたりした。

お龍の手紙には、いつでも、休みに町へ出て面白かったこと、村から来た者が今どうしているということばかりを書いてあった。

婆さんは、娘の手紙を読めもしないのに、手に取って紙の匂いをかいだり、じっとそれに見入ったりした。

「この頃、彼女《あれ》は達者なんかどうか、書いてありゃせんじゃないかいや。」

手紙を読み聞かして貰うと、婆さんはこんなことを云った。

「町へ遊びに出たりするるんじゃゃもの達者なんにきまっとる。」

「いいや、分らん。一寸位い悪いとて町へ出られるせにどうやら分るもんか!」

ほかの者がどう云っても、婆さんは納得しなかった。そして静二に葉書をかかした。

お龍の返事には、「達者です。今度の家(奉公先)の御領ンさんは、たくさん古着を呉れるので喜んでいます。村から来ている友達も皆な丈夫です。」――よく、こんなことが書いてあった。婆さんは、それを読んで貰って、

「それゃえい、それゃえい!」と嬉しそうに繰りかえした。お龍は、静二に似て、せい

の細高い、おつぼ口をした、色の白い、少し甘えたようなものの云い方をする娘だった。

不意に義妹が帰ったのを、お十は不審に思いながら、背の子供を馬吉に取らして、さりげなく次の部屋の障子を開けて、「お帰り。」と云った。

お龍は、恥かしそうに笑いながら、頭を下げた。お十が三年あまりも見なかったうちに、お龍は、色白く肥えて、おつぼ口はいくらか肉感的にむくみ上っていた。そして、一と眼で妊娠だと分るように腹が大きくなっていた。

心臓病で、顔や手足にむくみが来ている爺さんも離れの部屋から出て来て、お龍の傍に坐っていた。

「それで、金弥も、戻って来るんか?」

お十が台所へ引き下るのを待って婆さんが云った。

「はあ。」

一五

静二は、痩せて蒼白くなっていた。医者は胸の病気だと云っていた。彼は仕事を捨てて離れの爺さんと婆さんとがいる部屋の隣室へ移って、のらくらと日を送っていた。

妹のお龍が帰った時、彼は、海岸へ遊びに行っていた。丁度、潮が干て、遠くまで藻の生えた砂浜が露出して、貝類や岩に喰いついているだに、蟹などをあさる人々が沢山やって来ていた。彼も、裾をからげて砂浜を歩きまわった。

お龍が帰るのは、さきから知っていた。彼女から手紙が来ていたのであった。それを読んだのは、つい、二三日前のことだった。彼は手紙を読むと、何気ない振りをして、隣室にいる婆さんに、それを放りだした。

「お龍からこんなものが来た。」

「お龍から……」と、婆さんは、またいつものように、それを拾い上げて、封筒から巻紙を引き出した。そして、匂いをかいだり、拡げて見たりした。

「何と云うて来とるぞ?」

「子供が出来よるんだ。」と、静二はだしぬけに云った。

「鍛冶屋の息子に金弥というんがあっただろう……。あいつの子供らしい。」

「どうしたんじゃって?」

婆さんには、静二の云ったことがのみこめなかった。

「金弥の子供をはらんだんじゃ！」と静二は繰りかえした。「お龍の阿呆くらいめが！」

「どうしたんじゃ！」

病気で寝ていた爺さんが、むくむくと起きて来た。

静二は、手紙をとって、もう一度読みかえした。お龍は、自分のしたことが、悪いとも、恥かしいとも思っていないらしかった。そして、「金弥は、私と遠縁にあたるから、こちらでは、御領ンサンに、い、い、いとこ同志だって云っておいたんです。」と、こんな、子供らしいことを書いたりしていた。

十五分間ほどたって、爺さんと婆さんとはやっと、事の成り行きを了解した。

「家も屋敷もない金弥とそんなことをしくさって！」と、爺さんは舌を打った。

「おおかた、金弥にだまされたんじゃろう。」

婆さんは涙声になった。

「もう家へは戻らさん！」と爺さんは怒った。

「あいつが、大阪へ行きたがって、なんぼ止めてもきかなんだが、こんなことをしようと思うて行きやがったんじゃ！」

婆さんは、溜息をついた。そして、

「静二、もう一ぺん手紙を読んで呉れ！」と云った。

老人は、夜になっても長いこと小声で話しつづけた。

「お前、ほんまに、彼女《あれ》を家へは戻らさんつもりかよ？」と婆さんはきいた。

爺さんは暫らく考えていた。

「こうなっちゃ、鍛冶屋へじゃってやらにゃ仕様があるまい！」

「じゃ、戻って来たら、家へは這入らすんじゃのう？」

「うむ。」と爺さんは云った。

あくる朝になって、婆さんは、もう一度静二に手紙を読ませた。そして、静二が読む間、じっと眼をつむってきいていた。

「おおかた、金弥にだまされたんじゃろう！」

彼女は、また涙声になってこう呟いた。

一六

お龍は帰って来た時、少しも恥かしがりもしなければ、心配らしい様子もしなかった。

そればかりでなく、金弥との間に子供が出来て、彼と夫婦になるのが当然だと思っている様だった。父母が、彼女のしたことを責めやしないか、彼女が希っていることを許すかどうかに就いては、全然心配していないらしかった。彼女は、帰る早々、浮き浮きした調子で、様々のことを爺さんと婆さんの前で喋った。

昨日まで怒ったり心配したりしていた、老いた両親は、娘の顔を見ると急ににこにこした。そして、小言らしいことは一つも云わなかった。

「まあ達者で何よりじゃ！」

婆さんは肥えて丈夫そうになっている娘を見て、何回もこう繰りかえした。

海辺で、海鼠《なまこ》を拾って帰ってから、主家へやって来た静二は、先ず第一に、それを感じた。そして、物事にこだわらない、どこまでも子供らしく無邪気な妹が羨ましくなった。

「戻ったか。――われえらいいじゃないかいや。ええ、えらいじゃないかいや。」

と、静二は、わざと高々に笑った。

「ふふふ。」お龍は、少し俯向いて笑ってから「兄やん身体が悪い云よったん、どう？」

ときいた。

「死んだら癒るだろう。」

「ただ、静二はこんなことばっかり云うんじゃが、家にゃ心臓が悪るかった者があるけんど、胸が悪るい者は一人もないんじゃ。」と婆さんは、娘に向って云った。「それじゃのに、肺が悪るくなったりすることがあるもんか！　医者の見立てが間違うとるんじゃ。」

「そんなら兄やん、もっとほかの医者に見て貰うたらどう？」とお龍が云った。

「俺は医者が嫌いじゃ。」

静二は苦々しく云った。何だか彼は、自分が哀れなものに思われた。

「われや、えらいじゃないかいや！　ええ、」

暫らくして、彼は、また妹に向ってこう繰りかえした。皮肉のつもりではなかった。

「何に云《な》うんぞ！」

と、婆さんは、稍《やや》、キッとなって云った。

「ほんまにえらいじゃないかいや、ええ、えらいじゃないかいや！」と、静二は、婆さんにはかまわずに云った。……そして、彼は、急に顔を曇らせて坐を立った。自分の不幸がはっきり眼に立ったのであった。

滅多に掃除をしないので、汚れて埃だらけになっている自分の部屋へはいりながら、静二は、別れた妻の初枝を心に思い浮べた。もうあれから、三年ばかりも顔を見ないのだが、それでも、彼は、ついこのあいだ別れたばかりのような気がするのだった。どうかすると、すぐ彼の傍に、でっぷりした、白い彼女の肉体が横たわっていて、手を伸しさえすれば触れられるような気がした。無邪気で、あけすけな彼女の顔もはっきり眼前に描き出された。

彼は蒲団を拡げて、その中へもぐりこんだ。

暫らくすると、隣の部屋へ婆さんとお龍がやって来た。

「静二、居るか?」と、障子越しに婆さんが声をかけた。

「……」彼は黙しこんで、居る気配を見せなかった。

「兄やん。」

と、お龍も云った。が、それにも彼は返事をしなかった。

一七

「眠ったかいな。」と、婆さんは独り言のように云った。

「そうじゃろう。」

お龍と婆さんとは少し間をおいて話をはじめた。静二は、こちらの部屋の蒲団の中からそれを聞いていた。

「金弥はちっと銭をこしらえとるんかいや?」と、婆さんはきいた。

「さあ、どうかしらん。」

「村にゃ、あれの家も屋敷も有りやせんのじゃが。」

「……財産やこし、何一ツ無いとてかまいやせん。」

「そう云うたって、今に子供が出来るのに、居るところも無しでどうするんぞいや?」

「働きさえすりゃ、どうにでもならア!」

「のんきなことじゃなあ……。」

と婆さんは笑いだした。若し娘が困りだせば、自分達でどうにかしてやるつもりらしい。

静二は、それを聞きながら、初枝のことを思いつづけていた。彼は、自分があまり内気なために、自分の幸福をのがしてしまったような気がした。思っていることを他人の前で、遠慮なく云い張ることが出来ないために、損をしているような気がした。

初枝がいなくなった時分に、「どうせ、縁がなかったのだろう。」位いで思い切り得る彼ではなかったのだ。それを、思い切り得るように見せたのがいけなかったのであった。

彼は、今、誰れにも遠慮せず、恥かしがりもしない妹を見て、そんな風に考えた。

「お前は、まあ、それで方《かた》がつくじゃろうが、静二がなあ……」

隣の部屋で、婆さんが、お龍にこう囁いて吐息をした。

「ちっとは良い方かいの?」

「さあ、どんなんか、……あんまり医者へも行きよらんようじゃが。」と、言葉を切って、

「一時《ひととき》、ようく飲み歩きよったせに、酒があんな病気を引き出したんかも知れん。早よ、嫁を取ってやっといたら、こんなことにもなっとらんかも知れんのじゃが。」

「あの、建具屋の初枝さんのう、大阪で、建具の卸屋へ行《い》て、もう子供が出来とらあ。」

お龍が、一層、声をひそめて云った。

「彼女《あれ》に会うたかい?」

「はあ。」

「どないしよったぞ?」

「婿さんと電車に乗っとった。」

静二は胸をしめつけられるような気がした。

「ほんになあ!」

と、婆さんは、深く吐息をした。

「兄やん。」

お龍は、静二が眠っているかどうかを確めるように声をかけた。

今度も、静二は黙っていた。

「兄やん！　眠《ね》よるん？」

お龍は立って障子を開けに来るけはいがした。

静二は、急いで寝ている振りをした。


三日たって、金弥が帰って来た。彼は、身体全体がくりくりした、すばしこい男だった。彼の両親はもうなかった。川端の、ある小さい家を借りて彼はふいごを据えつけ仕事場を作った。

お龍は、結婚式もなにもせずに、いきなりそこへ行って住んだ。

一八

いつのまにか日が経って行った。

そして、秋のある日、よく晴れた午後だった。

熟《みの》りかけた稲穂の上を渡って来る快よい風が、窓から静二の部屋へ吹きこんで来た。雀の群が、田の彼方、此方や、向うの杜の方でたわむれていた。

「ひいん、ひん、ひひいん……ひいん!」

学校から帰りの子供達が、馬の嘶く真似をしながら、家の方へ近づいて来た。

彼等は、家の前に来ると、門の中をのぞきこんだ。

「あらッ! 仔馬が遊びよるがいや、仔馬が、あれゃ牡かいや牝かいや?……馬の仔、ひいん、ひん、ひひひん、こりゃ行け!」

そうして、彼等は鞭を振り上げる真似をした。

お十が家の中からとび出て来た。

「こらッ、待て。主《ぬし》は牛の仔じゃないかい!」

と、彼女は、叫んだ。それは、ある子供の親が丑松という名であったからだ。

子供達は囃したてながら杜の方へ逃げて行った。

「黙ってこらえとったら癖になる。こら待て! ひどいめにあわしてやる!」

と、お十は、小石を拾って、子供等を追っかけた。

静二は、窓の中から、物狂ったような嫂の動作を嫌悪の眼で見ていた。

お十は、走りながら、二三回、小石を拾って、投げつけた。が、石は子供には、届かなかった。子供達は、素早く逃げて行った。そして、杜のところへ行くと、道が曲っているのに乗じて彼等は、樹のかげにかくれてしまった。お十は、最後の石を、力いっぱいに投げて立ち止った。

と、その途端に、杜のかげから、杉太爺さんと、医者とが現われて来た。

「お十よ、われが石を放《ほう》ったんかれ……先生に当りよったが！」

爺さんは、人がよさそうな声で云った。

「いや、ねえさん、大事ない、大事ない。」

と医者は歩みよって来た。

静二は、それを眺めていて吹き出した。

心臓が悪るくて、身体にむくみが出来ている爺さんは、のそのそ歩いて来た。医者も、彼と並んでゆっくり歩いていた。この医者は、昔、寺小屋へ通っている時から、爺さんと朋輩だった。そして、今でも、爺さんは、医者と親しくして、何か振れ舞いごとがあると、よんだりしていた。

やがて、二人は、門から這入って来た。

「静二、今日は、先生に足を運んで貰うたんじゃ。どないぞ、みて貰うてみい。」

爺さんは静二の部屋をのぞいて、息を切らし切らし云った。

「どうです。……ちったあ、のんきに、野ッ原を歩いたりするのがいいんですがね。」

この頃は、ちっとも診察《み》て貰いに通っても来ず、毎日、屋内にばかり引っこんでいる静二が、何か不満ででもあるかのように、医者は、棘のある一瞥を静二の上に投げた。

静二は、もの憂げに黙っていた。

「全くいい秋日和ですなあ。」

と云って、医者は故意に笑った。

しかし、静二は、それにも返事をしなかった。

一九

「気持をのんきに持って……心配しちゃいかん。」医者は、一と通りみると、こう云って、立って行った。

爺さんは、医者のあとを追った。

次の部屋で何か訊ねたり、ひそかに話合ったりする声がもれて来た。

静二は、横たわってだらりと手足を伸した。彼は、医者の薬をのんでも効果があるように思わなかった。そして、また、医者の云う療養法が億劫で、それを実行する気力がなかった。

彼には、死ぬということは苦痛でもなければ、恐ろしくもないように思われた。死んでしまえば、いろいろな慾望も、厄介なこともなくなってしまって、さっぱりしていいように思われた。そして、彼は、自分が死んで行くところを想像してみた。……死ぬ前に、何か自分の心持を書いておきたい気がした。

――「わが短き生涯の恨事は……」十年も前に、雄弁の本を暗誦していた時の口調が、何故ともなく出て来た。「恋を……」

「兄やん。居るん？」窓の外からお龍の声がした。「お医者が来た云よったのう……どないぞしたんけえ？」

「いや。」

静二は、寝たまま、頭も動かさずに云った。

「そうけえ。ほんまに、どないぞしたんじゃないん?」

「いいや。」

「そんならえいけんど。」

お龍は門からまわってはいって来た。

彼女は、七月に子供を産んでいた。そしてそれからは、全く服装をかまわないようになっていた。いつも脛まで位いしかない短い着物を着て、黒く燻った手拭で、乱れた手入れをしない頭髪《かみ》をかくしていた。——一見して鍛冶屋の嬶らしくなっていた。彼女は、子供を座敷に寝かして置いて、金弥の仕事の手伝いをした。大きな金鎚を振り上げて、金弥が鉄砧《てつきぬた》の上へ差出している赤く焼けた鉄を打ちきたえた。

静二が頭を上げると、妹の背で、生れてまもない子供が、帯に釣り下るようになって、背負われていた。彼はそれを見ていたましい気持になった。

「そんなにしちゃ子供が苦るしいだろう。」

「なに?」

お龍はあどけない調子できいた。

「まるで、帯で子供の頸を締るようじゃないか!」

「だって、ちっともつらがりはせんわ。」

「おかしい奴だな。」

そして、静二は、淋しそうに笑いだした。

お龍が来たのを知ると、主家で、古いボテを張っていた婆さんは、静二の部屋へやって来た。

「まあ、お龍は、そんな風をして、向打《むこうう》ちでもしよったんか。」

彼女は、娘のみすぼらしい身づくろいを見ると、いきなりこう云った。

「いいや。今日は、ひまなんじゃ。」

「じゃ、もっとらしい風をせい。」

「こいつは、穢ない着物を着るんが好きなんだ。」

静二は、妹を見て苦々しく笑った。

「着物やこし、何でもえいわ。」

お龍は相手にならなかった。

二〇

金弥が村に帰って、仕事を始めようとした時、資本がなかった。婆さんは、それを心配した。彼女は、内所で溜めてあった金を出して来て、お龍にやった。お龍はそれを金弥のところへ持って行った。

お龍は暫らくするうちに、鍛冶屋の仕事に馴れて来た。一挺の鎌でも仕上げるまでにはなかなか手数がかかるとか、鍬にはこうして鋼をかませる。その鋼の多い方が久しく使えて、土の中へも深く喰いこむ、草削りを安くでこしらえてよければ、一挺二十銭のでもこしらえる、が、二十銭の草削りと五十銭のとは、使ってみればその値打ちが分る、というようなことを、お客の前で、さもよく心得ているように喋った。――それは、悉く、金弥が客の前で云っていること、そのままだった。

婆さんは、娘が鎚を持って向打ちなどをするのを嫌った。そして、誰れか人を傭うように云った。

「だって、こっちでしたらそれだけ儲けになるもの!」

と、お龍はきかなかった。

「お前が傭うのに困るんなら、その賃銀はうちから出してやるがな。」

「いいや、いくら出して呉れたって傭わん！」

お龍は意地を張った。

「どうしてぞいや？」

「向う打ちでも何でもえい。私《わたし》ゃ、働くんがたのしみじゃ。」

お龍は、婆さんの部屋へ行って、夕方まで話した。彼女が帰りかけると、婆さんは、押し入れにかくしてあった米袋を、静二の部屋の窓に持って来て、格子の間に置いた。お龍は門から出ると、窓先きへ来て、黙ってその袋を持って行った。

お龍が格子の間から見えなくなると、婆さんは、静二のそばへ来て、

「人間の幸福《しやわせ》というもんは、どんな汚いところにじゃってあるもんじゃ！」

と、感じ入ったように呟いた。静二は、お龍のことを云っているのだと思った。

夜になって、婆さんは、爺さんに云った。

「ほんの一寸した家でもえいせに、静二に建ってやって、うら等もお十と別れよう。」

「うむ。」と、爺さんはきいていた。

「ひょっと、うら等がさきに死にでもしたら静二が困るせに、あれにも家と、銭とは、

附けといてやらにゃなるまいが！」

婆さんは小声に云った。

「うむ。」爺さんは、同じ調子の返事をした。

静二は、こちらの部屋で聞いていた。

話声は寸時《しばし》、とぎれては、またつづいた。

「人間の幸福《しやわせ》というものは、どんなにみすぼらしい風をしとっても、どんなに汚いところに居っても、ちゃんとあるもんじゃ！」

こう云って婆さんは嘆息した。爺さんは黙っていた。

「お十が、他人《ひと》の持っとる物でも引ったくるような奴じゃせに、うら等が死にでもしたら静二は渇えるぞよ。……じゃせに、その用意もしといてやらにゃ！……そんな大きな家もいらん、住むだけのところが有りゃえいんじゃ……」

話は、とぎれとぎれになった。そして、いつのまにか声は聞えなくなった。

静二は、いつまでも眠れなかった。

二一

静二に家を建ててやることがきめられた。そして、十二月の初め頃、爺さんは、馬吉に弁当を持たして、山へ用材を調べに出かけた。静二は相かわらず、憂欝に自分の部屋に引っこもっていた。

昼すぎだった。彼は、不意に、兄の、急迫した、罵る声をきいた。

「はい来い！　何しよるんぞ。阿呆！　そんなところで何ぐずぐずしよるんぞ！」障子を閉めた窓さきを走りながら、馬吉はこう叫んだ。「はい、来んか、わいらがそんなところでぐずぐずしよってどうするんぞ！　はい来い！」

お十が主家から走り出て来た。

「あんた、どうしたんぞな？」

「はい来い！」

隣室で針仕事をしていた婆さんは、老眼鏡をかけ、鋏を手に持ったまま走り出て行った。

「ま、どうしたんぞいや！」

「父ッつあんが倒れたんじゃ！　父ッつあんが………」

「ええ？」

「父ッつあんが倒れたんじゃ！」

静二は、爺さんが、心臓麻痺を起したのでなければよいが、と思った。

「何処に居るんだ？」

と、彼は、出て行って訊ねた。

「はい来い！　われがそんなにしよってどうするんぞ。はい来んか！」

馬吉は、弟を見ると、すべての罪が弟にあるかのように、がみがみ云った。

「何処に居るんだ！」

「山に居るんじゃ！　はい来い！」

まもなく、金弥が馳せつけて来た。お龍は、そのあとから子供を抱いて走って来た。馬吉の叫び声を聞きつけた隣家の人達もやって来た。そして、六七人の男が、馬吉が今走り下りて来た山の方へ登って行った。

金弥は門の戸を外して、かついで行った。

静二は、医者を呼びに急ごうとして、以前に乗っていた自転車を出して来た。が乗ってみると、車輪が廻らなかった。病気にかかって以来、何年も手入れをせずに放ってあったので、錆びついて動かなくなっているのだった。

「悪いことが起らにゃえいが、と思いよったんじゃ。悪いことが起らにゃえいがと思いよったんじゃ！」

婆さんは、こう繰りかえして、門外へ出て山の方を見たり、家の中へ入って来て、何か忘れ物でもしたように、部屋部屋をせわしくまわったりした。そして、鋏が大切なもののように、いつまでも手離さずに持ちつづけていた。

「悪いことが起らにゃえいがと思いよったんじゃ！……南無大師遍照金剛。どうぞ、息災でござりますように！」

彼女は、座敷の中で手を合して頭を下げた。

静二が医者をよんで来ると、人々は爺さんを戸板に乗せて、山際まで下って来ていた。医者は、丘の坂道を急いで登った。そして、途中で戸板を置かして診察した。もう駄目だった。家へかつぎこまれた時には、身体の温かみは、だいぶ去りかけていた。

二二

いろいろな人がやって来た。

ごたごた混雑した。

お十は、物置倉から米を出して来たり、膳、椀をしまってある箱を出して来たりした。彼女は、誰れかに悔みを云われると、「へえ、へへへ、へえ。」と笑った。

台所や、竈の方では集って来た親戚の女達が、喋ったり、罵ったりした。

静二は、大勢の人々に、顔を見られ、悔みを云われるのがいやだった。彼は、自分の部屋に引っこんでいた。

突然な死だったが、しかし、前々から、こういうことになるだろうという予感がないでもなかった。何故か、あたりまえだというような気がした。

取りたてて悲しいこともなかった。それだのに、彼は部屋にいると、ひとりでに涙が出た。

「蛇ケ谷で、(この松は中梁《なかのり》に良かろう。)云うて、大松を仰向いて見よったんじゃ。そうしたところが、ちょっと、ウウン！　とうなって、もがきだしたんよ。誰れっちゃ居りゃせず、俺一人で困ったんじゃ。……それこそほんまの頓死じゃせにのう。」

悔みに来る人に向って、兄の馬吉は一々こう繰りかえした。

「阿呆めが！　親が倒れたって、何にもよくせずに、他人《ひと》のせいのように怒りやがっといて！……いらんことばかり喋っていやがる。」一人の従兄は、かげでぶつぶつ云ったり、笑ったりした。

「静二はここか。」泣きはらして、眼を紅くした婆さんは、障子を開けて静二が横たわっているところをのぞいた。主家の方から線香の匂いが流れてきた。

「はあ。」

「うらもちっと休むわ。」

彼女は、静二の部屋へはいって来た。そして、手拭で顔を蔽うて、力なしに、畳の上に倒れた。

いつのまにか晩だった。

通夜に来た人々は、夜がふけると、それぞれはたかりあって寝た。

婆さんは、十二時すぎに自分の部屋へ来て一人で寝床をのべた。静二は、涙で鼻孔をつまらせて、宵から一睡もしていなかった。暫らくして、お十が、母のおぬいと、嫂のお石とをつれて来て、婆さんの部屋の障子を開けた。

「お前等、ここで休みなされ。ここは、広いんじゃ。」

「へえ。」と、お石が云った。

「かぜを引かんように、蒲団は仰山着て寝なされ、押入れに入っとるせに。」

「うむ、そうかい。」と、今度はおぬいが云った。

二人は、さきに寝ている婆さんには、一言も断らずに部屋に這入って、押入から蒲団を出した。

「これゃ、三じょうしかない。」と、お石は不満げに云った。「これじゃ寝られやせん。いっそ家へ去《い》のうか。」

「もうないかい？」

「あるもんか！」

婆さんは、眼をあけて自分の寝床からぬけ出た。

「お前等、どっちか、一人、ここで寝なされ。うらア静二の方へ行くせに。」

「すまんのう。」

おぬいは、横柄な調子で云った。

二三

婆さんは、枕だけ持って、静二の蒲団の中へ這入って来た。

隣室では、お石が、どたんばたん、拡げた蒲団を畳に投げつけるようにして、寝床を敷きかえた。

「ここの爺さんもえい往生じゃ。」おぬいは蒲団の中にはいると、障子越しに、こちらの婆さんに話しかけた。「あっさりと、こんな往生を遂げる方がなんぼえいやら知れん。」

「はあ。」婆さんは、気のない返事をした。

「よう世間には、年寄りが頸を吊ったり、池へ這入ったりする人があるが、これも悪い名の残るこっちゃし、そうかと云うて、百日も百五十日も床に就いて、若い者に世話をかけるんも気づらいしのう。ここの爺さんのように、苦なしに逝くんが一番えいわいのう。うら等も、もう年が寄っとるんじゃが……」

おぬいは、くどくどしく喋りだした。

婆さんが来てから、蒲団がすかすかして、静二は、一層寒くなった。おぬいの仕ぶりや、話が、人を喰っているようで腹がたった。彼は起きて戸外へ出た。旧暦二十二三日頃の弦月が、晴れ渡った空にかかっていた。あたりは、霜が降っているらしく白くなっていた。彼は門の外に出て暫らく腰かけていた。父親が、もう生きていないのだと思うと、別に泣きたくもないのに涙が出て来た。

「静二か。」

門の中から、しのび足に、黒い影が出て来た。それは、マントを着た従兄だった。

「うむ。」

「ここらの女子は、おへつこきばっかりじゃ！」と、従兄は、静二と並んで石に腰かけた。

「一寸でも銭を持っとる者にゃお上手をぬかしよる。あいつらの肚の底は見えすいとるんじゃ！」

村の嚊たちが、お十に上手を云うのが、従兄の癪に障ったのだと静二は思った。

「……それゃそうと、叔父《おっ》さんの銀行の通いは取っておいたか？」

やがて従兄は改ってきいた。

「いいや。」

「それを取っておかいでどうするんだ！　うっかりすると馬鹿を見るぞ！」

「うむ。」

「お十は、ろくな奴じゃない。あいつにゃ心を許せんぞ。」

暫らくすると、また黒い影が、門から出て来た。

「歯癢《はが》ゆやのう！」

それは、婆さんだった。彼女は二人を見とめると、

「あのおぬいは、うらも爺さんと一緒にくたばりゃ良かったと思うとるんじゃ。うらが死んだら、この家が皆わがものになるせに！」

と云った。

「親族会議を開いて、静二に財産を分けるようにせにゃどうなるまい。」

従兄は頸をひねって云った。

足元や、腰が冷えて来た。静二は立って屋内に這入った。婆さんは、従兄となんか話していたが、やがて、冷たい手足をして入って来た。

隣室では、もう二人とも眠入っていた。

婆さんと静二とは、なかなか眠つかれなかった。窓にさしている月かげまでが、眼につ

いた。静二は、寝床をはい出て窓の戸を閉めた。

二四

まもなく、その年は暮れて、正月が来た。

五十日の忌《ゆみ》がすんでから、親戚が集って、財産分配の話を決めようと云っていたが、それよりさき、暮れに、お十の計らいで、馬吉は遺産相続の手続をすましてしまった。そうして、春になった。

お十のやり口に対して不平だった親戚も、次第にそれを忘れて行った。

静二の家を建てるのが中止されたのも別に不思議がらなかった。

お十は商売好きになって、離れの部屋の壁を切り抜いて、店に使えるように雑作をやり直した。そして、これまでの肥料や、麦や米の問屋以外に、酒、醤油、炭、石油、などの小売もやりだした。また、薪の問屋もやった。馬吉も、彼女も商売の方にかかって忙しかった。そして、田畑は、暇な小作人を傭うて作らせた。

小作人は、もとより、日傭賃をあてにして働くのであったが、日傭に来ているうちに、お十にすすめられて、醤油や肥料を買ったり酒を飲ませられたりした。

節季が来て、勘定をすると、彼等は、田畑を作ってやって、なお、店へ金を持って来てやらねばならなくなっていた。

彼等は、ツケを見て嘆息した。そして眼をしょぼしょぼさしながら云った。

「うちにゃ麦が三俵ほどあるんじゃが、ゼニの代りに、それを取ってはつかあさるまいか？」

「ああ、いいとも。」

今では馬吉は、賢くなって、すべてを心得ていると云わぬばかりの顔をして、店に坐っていた。

「麦は、どの位いしとるんですかい？」

「さあ、十六円位いじゃあろう。一石がな。」

馬吉は、そう云って煙草を吸った。

小作人が持って来た麦は、倉の入口で、お十に調べられた。

彼女は、俵に差しを突き込んで麦を掌に出して見た。そして、一二粒口に入れて、歯でコツンと噛んだ。

馬吉が云った値段をきくと、彼女は、ぷんぷん怒った。そして、現在、相場は十四円しかしていないことを云い張った。

「うちにゃ、なんちゃ、麦やこし貰いたいことはないんじゃ。酒や醤油の代金は、ゼニで貰うんがあたりまえの話じゃ！」

彼女は、ひどく亢奮した調子でこう云った。そして、いつまでも、誰れに云うともなくぶつぶつ云っていた。小作人は、眼をしょぼしょぼさして、お十が癇高い声で述べたてる、何処そこの売買がいくらでされたとか、大阪ではこの相場だとかいうことを聞いていた。

「まあ。ほんまに、仕様がない！」お十はひどく困ったらしい顔つきをした。「じゃ、特別に、五十銭だけ高く買うてあげよう。」

そして、彼女は相手を見て、急に、にっこりした。

百姓は、それで麦を渡すより外なかった。

あとで、お十は、馬吉のところへ行って囁いた。

「あんた、こんな時分に、相場を云うとくんじゃないぞよ。向うから取って呉れ云うて持って来るんじゃせに、なんぼ安いとて、買えるんじゃ。……こんな時分に、あたりまえの相場を云っちゃいかんぞよ！」

二五

少し商売が忙しい時には、おぬいが手伝いに来た。彼女は年が寄って店のことなどは分りやしなかった。が、自分では、ひとかどの番頭さんをきめこんで店先に坐っていた。村の人々は、おぬいは桝目がこすいと云って、店さきからのぞいて、彼女がいると引っかえして行った。

「垂れ口を一杯よばれようか。」

暫らく坐って、口が乾いて来ると、彼女は酒樽の呑み口をねじて、コップに満した。そして立ったまま、一と息にぐっと飲んだ。

静二と婆さんとは、前にいた部屋を店に取られたので、今は、納屋の脇の六畳に床を作って、そこへ引き移っていた。窓が小さく、天井が低くって、陰気で不潔だった。壁は黒く汚れ、屋根裏では鼠が走りまわった。そして、陽気な外界の春もこの部屋へは訪れて来なかった。

静二は、時々、釣に行く外には、終日なにもすることがなかった。一月の末頃から再び医者へ通いかけていたが、病気は少しも良くならなかった。午後になると熱が出た。夜は盗汗《ねあせ》に悩まされた。神経衰弱が手伝って、五六日も眠られぬ夜がつづいた。そうして、昼は、日光の射して来ない暗い室でうとうとしながら、一日を送るのだった。

彼の部屋を訪れる者は滅多になかった。窓さきから病気の具合を訊ねる者もなかった。ただ、日傭に来る小作人が、お十に無理なことを云われると、婆さんに頼みに来るだけだった。そういう時だけ、百姓は、自分の家になった蜜柑を持って来たり、病気がどうか一言たずねたりした。

百姓は、残っている酒代のかわりに、稼ぎに来ることをお十から迫られているのだった。しかし彼等は、まだ、自分の畠のアイも打っていなければ、ヒタキも苅っていなかった。

「お前さんも、我が事を放っといて、他人の仕事ばかりは出来んわいのう。」人のいい婆さんは、こう云って、頼みをきいてやった。

「それも銭のためじゃせに、出来ることならするけんど、ちったあ、家のことも為《し》とかんと、食う麦が取れんせに……」百姓は、びくびくしていた。

「それゃ、そうだとも。」

こんなことをきいてやると、お十が怒りだすのは分りきっていた。それでも婆さんは頼まれると拒《ことわ》りきれなかった。そして、それを馬吉に云った。馬吉は、お十に云った。

「それをきいてどうするんぞいの！　そんなことしよったらあの払い穢ない男が何時までたっても酒代を呉れやせんのじゃ！」

お十は、納屋の前へ来ていがり声を出した。

「そんなことないわいや。」婆さんはおだやかに云った。

「店のことは何んにも知りゃせん癖に！……。貸し倒れになったらどうするんぞいの！」

「ここの者は貧乏性じゃ！」ひょいと、酔って眼のふちを紅くしたおぬいが顔を出した。

「爺さんがあったら、あんな奴、たたき出してやるんじゃけんど！」

婆さんは、静二にそう云って嘆息した。

「どうして、もっと早《は》よ、うらに財産を分けて、家を建っといて呉れなんだんぞいの？」

と、静二は、婆さんに云った。

「ほいたって、あんなに、急に、爺さんが無うなろうとは思いがけなかったんじゃ。」

二六

夏のある日の午後だった。

静二は、市の病院を出て家へ帰りかけた。峠を一つ越して、三ツの村を通りぬけなければ彼の村へは着かなかった。街を出て、峠に登りかけると、西に傾いた夏の日が照りつけて、暑さは、一層甚だしかった。彼は屢々松の蔭に腰かけて休んだ。眼の下に見おろされる病院の屋根は、日光に反射して光っていた。彼は、その病院に五月から入院していたのであった。初めのうちは、家の暗い不潔な部屋から逃れて愉快で面白かったが、そのうちに、病院の単調さと、何時になれば退院できるか見込のたたない病況に退屈してきた。恐らく、ベットに横たわって、死を待つより外、仕方がないのだと思うと、彼はウンザリした。

暫らくの間に、爺さんが残して行った貯金を使いつくしてしまった。十日目毎の勘定日に、婆さんに、入院料を都合して持って来るように云ってやったのも三回や四回ではなかった。そして、今日は、金弥が、自転車で、金を持って来て呉れたのであった。お龍と二人で、えらいめをしてこしらえた金だ。静二は、細々《こまごま》した日用品を纏めて金弥に持って帰って貰って、あとから、夕方、涼しくなる時分に歩こうとして、病院に別れを告げて出て来たのであった。

坂道は、うねうねしていて、容易に峠までたどりつけなかった。夏の太陽に乾き切った道の黄白土は、そう風もないのに塵埃《ほこ》っていた。彼は、再び、この道を通りたくなかった。道そのものが退屈で不愉快だった。

疲れて、息を切らし乍《なが》ら、ようよう峠まで登った。

そこには、小舎掛け茶店があった。彼はラムネを一本のんだ。そこからは、町全体を見下すことが出来た。

彼は、もう一度病院を返り見た。二棟並んだ病室から離れて、一棟、周囲に松を植えめぐらしたのが建っていた。

そこが彼のいた病室だ。ここ、一と月ばかり、看護婦への心づけも十分出来なかった為めに、きわだってそっけなく扱われた。

「ボボボ。」

村から登って来た豚を積んだ荷車が茶店の前に来ると、牛を止めた。牛は、息苦しそうに粘っこいヨダレを垂れ、泡を吹いていた。

狭い、身動きも出来ない籠に押し込められた肥った豚は、物におびえたように呻いた。

ツン切ったような鼻さきで籠を突いた。

「うむ。蛇が這いよるぞ！」

左の頬に、掌大《てのひらだい》の赤黒い頬焼けのある豚買いは、静二の傍に腰かけて煙草入れを出しかけたが、道の向う側に蛇が這い出てきたのを見て、すっと立ち上った。

彼は、手早く、茶店の水桶の傍の六尺棒を取って、いきなり蛇を殴りつけた。

蛇は、細長い舌をペロペロ出した。三ツ四ツ、続けさまに、殴りつけられると、彼は、命乞いをするように、ぴりぴり尾を慄わした。

八分どころまで殺された。

が、彼は、まだぬるぬるうねっていた。頬焼けの男は、それをかまわずに、片手にさげて、豚のところへ持って行った。

「食いおさめに御馳走をしてやろうか。」

豚買いは、静二の顔をじろじろ見て、蛇を籠の中へ入れてやった。

二七

豚の値段が下って、神戸の方へは積出されなかったが、安いのに乗じて、こちらの市《まち》で夏でも屠《ころ》しているのであった。病院でも時々豚を食わされた。この豚も、今、屠殺場へ運んで行かれているのだ。明日あたりは殺されるのだ。それも知らずに、豚は籠の中へ入れられた蛇をうまそうに食った、一ツが半分ほど食うと、男は、残りを他の籠に入れてやった。

「食いおさめに御馳走をしてやる――」

静二は心でそう思ってみた。

豚買いは、水桶から杓で水を汲んで手を洗った。そして、ついでにその水を飲んだ。暫らく休むと、荷車は、峠を下って行った。

静二は反対の方へ歩いた。

日光は、松の枝にさえぎられ、坂道を下るに従って、太陽は峠の彼方にかくれてしまった。山の中腹のところを廻ると、眼界が開けて、ずっと遠くの村が見えて来た。彼は、そこで、一寸休んだ。

彼の村は遠く、人家は小さく見えた。ぼつぼつ歩いて帰るのは容易なことではなかった。身体は疲れている。あんなに遠くまで歩く元気はない。

すこし歩くと、息切れがして胸が苦るしくなった。口が乾いた。頭痛がした。そして、熱が出たらしく、時々、気味の悪い、悪寒が全身を襲った。

麓の村まで下ると、夕方近くだった。彼は畠の中に一軒だけ離れて家があるその前の池の堤に腰を下して休んだ。

二十日ばかりの旱天つづきに、池の水は殆ど汲み上げられて、濁ったのがやっと底をかくしていた。休んでいると、頭がぼんやりして来た。池の濁り水が飲めるような気がして、それがほしかった。

「食いおさめに……」

と、彼は心で云ってみた。そして、西瓜がほしくなった。

空俥《からぐるま》が坂道を下って来た。俥夫は、ぼんやり休んでいる静二の前を通りかかると、不意に、

「静やん、どっから戻りぞいの?」

と声をかけた。

「よう……」

「弱っとるじゃないかいの。」

「はあ。……俺《お》ら、病院から戻りよるんじゃ。」

静二は、始めて相手が彼の村の帳場にいる俥夫であるのに気づきながら云った。

「ほう、お前、なんなら乗っていなんか。」

と、俥夫は俥を止めた。

「俺《お》ら、銭を持っとらんのじゃが……」

「銭はいつでもえい。」と俥夫は、轅棒《かじぼう》を下した。「俺れゃ、どうせ空俥で家までいぬんじゃせに……」

静二は乗せて貰った。

俥は調子をとって走りだした。

「静やん、酒はいけるんか。」俥夫は走りながらきいた。

「いや、昔はのんだが、今、あんまりいかんのじゃ。」

「ほう。わしゃ、酒は飲むけんど酔う人は好かんのじゃ。酔うてどろどろするんがとても嫌いなんじゃ。酔うたらあとさきが分らん云うけんど、人間がそんなに訳が分らんようになることは滅多にあるもんじゃない。自分がなにか、悪いことでもするか、銭を出さにゃならん時にゃ、勝手に酔うて分らなんだとこすい事を云うんじゃ……」

倖夫はこんなことを話しながら走りつづけた。

二八

倖は村にはいった。そして、やがて家の前へ来た。

門さきで、倖夫が鈴を鳴らしたのを聞きつけて、馬吉が入口まで出て来た。

「倖やかいで戻ったんかい！」

彼は、倖に乗ったのを贅沢だと思ったらしく、弟にぶつぶつ云った。

静二は、ものを云うのも大儀だった。

「戻って来られたかい。うらあ、よう戻ることなりゃえいがと思うて案じよったんじゃ。」

婆さんは、念仏を中途でやめて、上り框へ急いで出て来た。

台所では、おぬいが酒を飲んでいた。障子を悉く開け放ってあるので、それが上り框からよく見えた。

「もう素麺《そうめん》は残っとらんのかい？」

と、婆さんは、台所へ行ってお十にきいた。

お十は、何か桶を動かしていて返事をしなかった。

おぬいは、じろりと静二を見た。が、自分は酔っているのだというような振りをして、ものを云わなかった。

「飯はほしくない。」

と、静二は婆さんに云った。

「戻りに食うたんか。」

「いや、食わんのじゃが……」

彼は、台所を出て、納屋の自分の部屋へ来た。そこでマッチをさぐってランプをつけた。暗くって黴《かび》臭かった。

あとから、婆さんがはいって来た。

「素麺を茹《ゆ》でたんがまだ残っとるんじゃが、我が親に食わそうと思うて、かくしとるんじゃ。」彼女は、お十のことを云った。「なんぞ、食えそうなものを、とって来てやろうか……何がえい？」

「何もいらん。」

静二はぐったりして云った。

「戻りにくたびれて困ったじゃろう。」

「うむ。」

「弱っとるのに、何も食わんとなお弱るぞ。」

「いいや、えい。」

「そんなに云うたって、食わずに居られるもんか！」

婆さんはそう云って出て行った。暫らくして、彼女は桃を持って帰った。

「食いおさめに……」豚買いの言葉が、何故ともなく、静二の頭に浮んで来た。

婆さんは、爺さんの石碑をこしらえるのに自分の仏名も刻みこんで貰うことを話した。

「それじゃ、俺のもついでに入れといて貰おうか。」静二は冗談のように云った。

「じゃけど、われゃ、まだ若いんじゃせに……」

「なんでも、死ぬ用意をしといたら、なかなか死なんそうじゃないかのう？」

「そんなこともあるまいけんど……」そう云ってから、急に、婆さんは調子をかえて、

「お前のも、なんなら入れといてもえいんじゃ。――お十は、なんぼ銭が有っても、お前

の石塔をこしらえることはしやすまいせに！」小声で云った。

静二は、自分がもうすぐ死ぬことを婆さんまでが、予期していると、感じてとった。そしてふさぎこんでしまった。

婆さんも、息子の心の動きを見てとった。そして、何か陽気なことを話しだそうとしたが、何も思いつかなかった。ひとりでに彼女も沈んでしまった。

二九

二年たった。

店は新しく家を建て添えられて広くなっていた。そして屋根の上には、町からペンキ屋を傭って来て書かれた大きな看板がかかっていた。村の若い衆や、或は中年の酒好きな連中がやって来て、話をしたり、豚肉を煮る匂いをたてたりした。お十は、そういう男を相手に喋った。馬吉は、店の隅の方で、自分は話に関係がないもののように、ボンヤリ戸外へ眼をやり乍《なが》ら坐っていた。お十は酒の相手をしながら、米や麦、肥料の売買を取りきめたり、また時には、田畑や、家を買うことをきめたりした。

店は繁昌していた。物置倉や、納屋には、酒樽や醤油樽や、米麦の俵や、石油鑵、種油の鑵、荒物などを並べたててあった。納屋の脇の六畳の間には空俵や空樽、売れ残りのがらくたなどが放りこんであった。そしてそこには鼠が巣を作っていた。静二はもういなかった。彼が死んでから一年半ばかりたっていた。誰れも、彼のことを思い出して話に上す者がなかった。

お十は、厄介ものの義弟がなくなると、今は、馬吉を厄介者扱いにしていた。彼女は、人々の前で、そして、そこには馬吉も居る前で、「家の呆《ほう》ツク」などと平気で云っていた。馬吉は、それを聞いても、またたき一つせずに坐っていた。

婆さんは、お龍のところへ行っていた。彼女の髪頭《かみ》は悉く白くなっていた。そしていつもボンヤリしていて、他人《ひと》が大きな声でモノを云っても聞えなかった。お龍は、新しく建てた家の南向きの暖い部屋を婆さんにあてがって、何もせずに遊んでいるように云った。蜜柑や、飴ン棒を買って来て、いつでも欲しい時にはしゃぶるように云った。

が、婆さんは、一人で遊んではいなかった。孫をつれて子守をした。――お龍は既に二人の子供を持っていた。婆さんは、飴を自分の口へ入れて軟かくすると、出して、まだ歯のない孫の口の中へ入れてやった。

暖い日には、子供をおんぶして、墓へ参ったり、お使いに行ったりした。

或る日であった。

店で、村の男が二人、煎餅をかんでいた。馬吉は、いつものように、上り框の片脇に腰かけてポカンと戸外に眼をやっていた。お十は留守だった。そこへ婆さんが、子供を汚れた負いこで背負ってよぼよぼ這入って来た。

「酢を十銭ガンおくれんか。」

婆さんは袖の下から酢徳利を出した。

今まで長火鉢に肘をついて豌豆をかんでいたお十の姪がとび下りて来た。そして婆さんの出した徳利に酢を量って入れた。

何か話していた二人の男は、婆さんが這入って来ると口を噤んで、じっと彼女の方を見ていた。が、一人が、

「ゼニを取るんかい。」

と、誰れに云うともなく云った。彼は、婆さんがこの家の親であることを思っているのであった。

姪は、その言葉が聞えないらしく、婆さんから十銭の白銅を受取ると、銭箱の中へジャランと音をたてて投げこんだ。

婆さんはシンドそうに立っていたが、やがて、重くなった徳利を持った。

「婆さんも気の毒だ。」

と、一人の男は小声に云った。

「ああ……煎餅でも進ぜようか。」と他の一人が云った。

「うむ。」

婆さんは、煎餅を貰って出て行くと、片方の手を肩へまわして、それを背の孫にやった。

「持ったか、落しちゃいかんぞ。」

彼女はこう孫に云った。そして歩き出した。

それまで知らぬ顔をして坐りつづけていた馬吉は、やがて立って、婆さんが帰ったあとを追って行った。

彼は、母親が、よぼよぼ歩いて行くあとをどこまでもついて行った。……いつのまにか彼の眼に涙が光って来た。


（一九二四年十月）

本をたずねて

一

私はつづけざまに咳をして、紙を口元にあてると血が出た。傍《そば》でFが頻りにバットを燻らしている。その煙が私の咽喉へ這入《はい》って来て、そのたびにむせかえるようになって、咳をした。

血が出ても別に驚くことはない。私は、何げない顔をして、紙を畳んでふところに入れた。

私の肺は五年も前から腐りかけている。腐ればいずれ血管が破れて血が出るのだ。数学のように明瞭である。血が出たからすぐ死ぬとはきまっていない。驚くことはいらない。だが、恐れて用心しなければならない。

二

最近、仏蘭西へ行くことになっているB氏の書斎で若い人が五六人話している時また私はつづけさまに咳をして、血を喀《は》いた。日が暮れて、東に傾斜した屋敷は、湿っぽく、冷かさが足元へしのびよって来る時分だった。その前、三時すぎに、出発前の記念の写真をとって、それから、祝杯というのか、何というのか、ともかく苦《にが》い酒を飲んで、掌《て》を五ツ六ツたたいたりした。その酒が胸にいけなかったのだった。

若い人達は、――私も決して年が行っている訳でない。私もその若い人達の一人なんだ。――B氏が出発前に置土産として出した、大きな本の批評をすること、ある二三の雑誌、新聞で批評をすることを話していた。

「Aさんあたりがお書きになるといいんですがね。」五分刈りに刈った頭髪をそのまま一カ月ばかり手入れをせずに伸ばしているS君が、長髪のB氏にこんなことを云ったりした。

「僕、××に書きます。」部屋の隅で、大きな籐椅子にもたれていた、吃《ども》りで、スリちびた下駄をはいて郊外から三里も五里も歩いてよく市内までやって来るC君が云った。

B氏は、C君が批評を書いて呉れようとはあてにしていないらしかった。彼は、寸時《ちょっと》、ためらうようにしていたが、

「ええやって下さい。」と云った。なんでも、今度出した「脱走」は、B氏がこれまでに書いた十冊に近い本の中で一番自信が持てるものらしかった。

「一冊、本をあげるから、読んでくれ給え。」私は、二三度、こう云われていた。

その尨大な仮綴《かりとじ》の本は、新らしく頁を切って、机の上にあった。誰れ彼れが、それを手に取って、拾い読みをして、次の者の手に渡したりしていた。

六百頁からの本である。読み上げるのになかなかかかりそうだ。私もそれをちょいちょいのぞいて見た。B氏のいつもの例で、やはり自分の関係した周囲のことを書いてあるらしかった。

五六行、或は一頁くらいずつ見たところ、なかなか描写も文章も練れていて、深味があるらしい。一年間に六七人の、近かしい人々が死んで行った、そのことが中心となって書

かれているようだ。その死によってB氏の考え方も変ったとか。——それがどういう風に変っているか、興味はそこにつながっている。

「栗本君、——『戦士』に書いて呉れないかな？」

茶の間で雑誌「戦士」の編輯者と何か話していたB氏が書斎へ這入って来て、そう云った。

「え、なんなら書いてみます。」私などが書いたところで、元来無力ではあるし、いい批評眼を持っている訳ではなし、そう役に立ちゃしないんだ。口頭で感想ぐらいは述べうるとしても、私は批評を書くつもりは持っていない。従って、ここで私の返事は張り合いがなかった。それがこの場で、自分に一寸物足りなかった。

「書きます。ぜひ書いてみます。」そこで、私は、こう云い直した。

「悪る口でも抗議でも、なんでもいいから……」

「ええ思った通りを書きます。」

私はまた咳が出て来た。硝子窓を閉切った部屋には、煙葉の煙が立ちこめている。

「いくらやっつけられたって、H、Bの存在は頑として動かないからね。」B氏は皆んなにこんなことを云って笑った。

咳がつづけさまに出て来た。痰を紙に取って見ると血だ。

私は、僅かのものを封筒に入れて餞別に持って来ていたが、そいつを懐から出さずに、そそくさとそこを辞した。

三

晩に静かに寝て、翌日午前中動かないようにしていると、血は止まった。それでも一日寝ていた。寝て本を読んだ。

餞別は新らしい封筒に入れかえて、そこへ「寸志」とだけ書いてトミに持たしてやった。停車場から家までの道すじを、くわしく地図に書いて帯の間にはさました。

「向うへ行って、どう云うたらえいん?」彼女は出かけに、私にきいた。

「どういうたって、お前がいいように云うとけ。」

「私、栗本の妻です、って云わなきゃ向うに分らんでしょう。」

「そんなこと云わんとて知っとるよ。一度こちらへ来たことがあんるんだもの。」

「いいえ、忘れとるかも知れんわ。」

「分らなきゃ、分らなくとも置いといて戻れ。こちらの気持さえすめばいいんだから。」

トミは新らしい下駄を出してはいた。

彼女は行きかけて、また戻って来て「若し、こちらが貧乏だから向うに取って呉れなかったらどうしよう?」ときいた。

「取って呉れなくっても放っといて逃げて戻れ。」私は、蒲団の中からそう云った。

B氏は、もうあと一日で出発する筈だった。

四

「本を呉れてよ。」

「どれ?」電燈がついて、だいぶ腹がへっていた。私は上身《じょうしん》を起して、帰って来たトミを見た。トミは少し蒼ざめて笑顔を見せていた。

「これ本。」

「どれ?」私は寝床から手を伸ばして、新聞紙に包んでゴムの紐をかけたずっしり重みのあるものを受け取った。本にしては何故かビヤビヤしている。トミは、片手に葱《ねぎ》を一と握り持って笑っている。

「おい、これゃ本でないが……肉じゃないか。」

「いいえ、本よ。」その声が笑っている。

「いや異う。」ゴムの紐をはずして新聞紙を開けて見るとやはり竹の皮に包んだ肉だ。

「一体、本を呉れたんか！　冗談を云っちゃ分らないよ！」私はいつのまにか激していた。それは、たぶん病気のせいらしい。

本は呉れたのである。トミは帰りに電車の中でそれを拡げて読んでいた。彼女は読んでいるうちに痰が咯きたくなって本を持ったまま窓の方に向いた。ところが、咯くとたんに、重い、ぶ厚い本が彼女の手から窓の外へすべり落ちてしまった。

目白駅で降りて線路の土堤をあとへ引っかえして見た。彼女は、下駄の歯を割り鼻緒は伸びて切れそうになった。だが本らしいものは見つからないという話だ。もう薄暗くなっている時分のことだ。

「ぼんやりしてよく見ないからだ！」

「向うへ行ってまた引っかえして来たけれども無かった。」

「土堤《どて》の下に溝《どぶ》があるだろう、――あの溝はよく見たか？」私は腹立ててがみがみ云った。

「……」

「本を窓のふちまで持ち上げて痰を咯くやつがあるもんか！　なんでもウッかりしているからだ！　俺がもう一度よく見て来てやる。」

私は、この頃、ひどく短気になっている。腹立ちまぎれに、トミをぶん殴りたくて仕方がなかった。やっと我慢してこらえたくらいだ。

袷《あわせ》に着換え、夕飯をすすめるのを振り棄てて、私は家を出た。電車賃に弟の財布とトミの財布とを空にして持って来た。

目白駅から高田馬場まで線路は高くもり上げられ、人家や人道を見下ろして電車が辷って行く。左右は芝生の傾斜になっている。私は下駄で溝《どぶ》へころげ落ちそうになりながら、時々、四ツ這いになって、そこを往き来した。闇の中に、処々捨てられた、紙片や丸めた新聞紙が眼に映る。早速そこへ行って本ではないか確かめた。

電車は黄色い燈《あかり》と、青い燈りをともして唸り声を立てつつ風を切って私の頭の上を通る。

私は、線路自殺をはかっている者のようにその下をうろうろしているのだ。

どうしても本は見つからない。腹はぺこぺこになるし、咳をして痰が出る。痰に血がまじる。私はがっかりして、駅まで引っかえして電車に乗った。電車で新大久保まで来て、それから反対に目白駅に乗りかえ窓から頸を出して本らしいものは落ちていないか見て行った。本が見つかれば窓からとび降りるかもしれない位《くら》いだ。

どうもないようだ。

「お前、どっかへ本をかくしとるんじゃないんか?」私は、家へ帰ると雨戸や勝手もとあたりを探しまわった。どうも、トミが云ったことが冗談のように思われるのだ。いい加減な作り話のように思われるのだ。

「本当に呉れたんか?」

「ええ。」

「嘘だろう?」

でも彼女は、本を包んであった薄いすき通る紙を出して、それだけはさきに取って懐に入れてあって落さなかったという。しかし、私は、まだおかしい気がした。私が何にでもむきになるのを面白がって、トミがどっかへかくしているとも思われる。

五

翌る日、五時頃に私はトミを促してもう一度探しに行ってみた。

「あとからそんなに騒いだって有るもんか!」弟は寝たまま冷淡に笑っていた。二人は新大久保まで行って、又、目白の方へ引っかえして来た。引っかえす時に私は、トミを窓の方へ引っぱって来て、どのあたりだったかやかましく訊ねた。

高田馬場へ着く手前のところで、トミは、このあたりだったという。

「なアんだ、このあたりか。——じゃ昨夜《ゆうべ》はまるで見当違いなところを探したんだ。」

すぐ改札口を出て、線路の西側を木の柵に沿うて二人は白い紙が落ちていると立ち止まって見ながら歩いた。

暫らく行って、赤字で「脱走」と印刷した表紙を柵の傍からトミが拾い上げた。表紙だけ引きちぎれ、露にぬれていた。たしかにB氏のところで見た本の表紙だ。やはりここで落したんだな。私はあたりを見まわした。だが本らしいものはない。

「落した時、電車の速力で表紙だけちぎれたんだろうか?」

「さあ……これゃ、誰れかが拾うて引きちぎったのよ。」

「こんなところでボンヤリ落すからだ。」

もう太陽が出て、制服の学生が道を急いでいた。荷車が通る。あれだけ大きな本が人目につかずにはいまい。

私は、トミに腹立てたり、昨夜あれだけ歩きながら、ここへ来てよく見なかったことを口惜しがったりした。昨夜来ればたぶん有ったんだ。

今朝、誰れかが拾って表紙だけ引きちぎって、中味はどこかへ持って行ったのだろう。

私は、咽喉のところが焦げつく位いやきやきした。やきやきしながら、若しやと思って、柵を越して、傾斜になった芝生や、茅のあたりを探しまわった。無い。それまでは、トミが、どこかにかくしてあるかと、つい思っていたのだが、ちぎれた表紙を見ると、結局ここで落して無くなってしまったことが疑う余地がない。

「仕様がない！　無くなったんだ！」私は、露と土で手足を汚して、また柵を越して道に出た。

と、向うから、トミが笑いながら、水にぬれたぶ厚な本を、片手に高く差し上げて見せながら小走りにやって来た。

「有った、有った！」トミは、私が彼女の方を見ると、なお足を早くかわして、とんで来た。

「どこに有った？」

「あの溝に放りこんであった。」

「そうか、よくあったもんだな。――まあよかった！」

私は、ずぶ濡れになった「脱走」を持って道行く人々が、不審げにじろじろ見るのもかまわずに駅の方へすたすた引っかえした。


（一九二六年十一月）

僕の文学的経歴

生れは、香川県、小豆島

僕の村は、文学をやる人間、殊に、小説を読んだり、又、小説を書いたりする人間は、国賊のようにつまはじきをされる村であった。約、十五六年も昔である。

えらいのは、軍人か、官吏か、医者か、金を儲ける商売人である。金を持っている野郎が、ドンなケチン坊でも、えらくて、尊くて云うことが重んじられ、金のない貧乏人は、ふうンと鼻のさきであしらわれ、馬鹿にせられる。

そんな気風が村一般に彌漫していた。昔からそうだったらしい。だから、昔から、文学をやる人間は僕の村から一人も出ていない。漢文の先生が一人あるきりだ。

僕の周囲にも、小説を読んだり、詩を見たり、なにかちょっと書いたりする人間は、一人もなかった。僕も、文学をやろうとする意志は少しもなかった。ただ、好きだからこっそりと親爺にかくれて雑誌をよむだけだった。その後、二十四歳頃、トルストイが好きになって、ホンヤクによって耽読しだした。

東京へ来て、半年くらい経った冬、たしか神楽坂の芸術倶楽部だったかと思う、講演をききに行った。その時、ふと、同村の壺井繁治に出会した。そこで始めて、壺井が文学をやろうとしているのを知った。意外だった。文学をやる人間を国賊のように云う村から、文学がすきな人間が二人出ていたからである。それから、壺井も僕もいろいろな変遷を経て、今日に来っている。そして、昔、小説をよむ人間を国賊のように云っていた村は今は、社会主義者を国賊のように云っている。東京にいるとなんでもない僕らが、故郷へ帰ると、尾行につかれ、スパイに張りこまれ、勝手に歩きまわることさえ出来ない。

僕の処女作は「電報」である。嘗て、ボルもアナも一しょくただった頃、ちっぽけな雑誌「潮流」にのせたものである。大正十二年三月に書いたものだ。「潮流」には川合仁、土屋長村、壺井繁治、伊藤永之介等の諸君がいた。その頃の「潮流」になお「まかないの棒」「隔離室」等をのせた。今から見ると、いずれもフィリップ風のものであった。その当時、僕はまだ、フィリップは一ツも読んではいなかったのだが、その後「文芸戦線」に出した「二銭銅貨」「踏台」等も、やはりフィリップ風のものだと思う。これが僕の第一期時代の作品と作風であったと思う。それが、大正十五年十一月に「文芸戦線」に出した「豚群」に到って、変ってきた。「豚群」は、当時の、青野季吉氏の「目的意識論」に影響せられるところが多かった。僕は今、「文芸戦線」を脱退し、「文戦」を叩きつぶそうとしている者の一人であるが、大正十五年頃の「文戦」と、青野氏などは、進歩的でもあったし、革命的な意義があったことは十分認める。そして僕は「彼等の一生」や「橇」を書くについても、当時の「文戦」の雰囲気の中にあって、その影響を受けていた。しかし、現在の「文戦」は、も早や、反動的な、退歩的な、労働者農民を、ブルジョアの陣営に売渡す役目しか果していない。青野氏の文学理論は、五年も前の「目的意識論」から殆んど一歩も進んではいない。そういう古ぼけた反動的な団体内に踏止まっていることは、それ自身が既に、階級的罪悪である。僕らが「文戦」を脱退し、社会民主主義文学団体を粉砕しようとするのは、そこから来ている。

「橇」以後「渦巻ける烏の群」「氾濫」「氷河」「パルチザン・ウォルコフ」などを書いた。これらは「豚群」から転換した。それの連続、乃至は発展であったと思う。

僕の反戦小説は、よく発禁になる。「氷河」で、中央公論を発禁にした。「パルチザン・ウォルコフ」は雑誌に出した時も、単行本にした時も共に発禁になった、最近には、書きおろしの長編の「武装せる市街」が即日発禁になった。「武装せる市街」に於て、僕は、二度目の転換の足場の一ツを築き度いと意図していた。そして、又、如何に帝国主義××と、植民地の××が、植民地プロレタリアのみならず、本国のプロレタリアをも弾圧し、いつまでも鎖でつなごうとする意志から出ているかを読者に訴えようとした。だが、改訂版には、重要なカ所は、削られてしまった。

僕は、現在、作家的に新しく転換しなければならなくなっている。これは、一年も一年半も以前から感じていたところだ。そして、久しくその準備をした。一九三一年には、新しく、元気に出発するであろう。

（一九三〇年十二月）

雪のシベリア

一

内地へ帰還する同年兵達を見送って、停車場《ていしゃば》から帰って来ると、二人は兵舎の寝台に横たわって、久しくものを言わずに溜息《ためいき》をついていた。これからなお一年間辛抱しなければ内地へ帰れないのだ。

二人は、過ぎて来たシベリヤの一年が、如何に退屈で長かったかを思い返した。二年兵になって暫らく衛戍《えいじゅ》病院で勤務して、それからシベリアへ派遣されたのであった。一緒に、敦賀から汽船に乗って来た同年兵は百人あまりだった。彼等がシベリアへ着くと、それまでにいた四年兵と、三年兵の一部とが、内地へ帰って行った。

シベリアは、見渡す限り雪に包まれていた。河は凍《こお》って、その上を駄馬に引かれた橇《そり》が通っていた。氷に滑べらないように、靴の裏にラシャをはりつけた防寒靴をはき、毛皮の帽子と外套をつけて、彼等は野外へ出て行った。嘴《くちばし》の白い鳥が雪の上に集って、何か頻《しき》りにつついていたりした。

雪が消えると、どこまで行っても変化のない枯野が肌を現わして来た。馬や牛の群が吼《ほ》えたり、うめいたりしながら、徘徊《はいかい》しだした。やがて、路傍《ろぼう》の草が青い芽を吹きだした。と、向うの草原にも、こちらの丘にも、処々、青い草がちらちらしだした。一週間ほどするうちに、それまで、全く枯野だった草原が、すっかり青くなって、草は萌《めば》え、木は枝を伸し、鵞《がちょう》や鶩《あひる》が、そこここを這い廻りだした。夏、彼等は、歩兵隊と共に、露支国境の近くへ移って行った。十月には赤衛軍との衝突があった。彼等は、装甲列車で、第一線から引き上げた。

草原は一面に霧がかかって、つい半町《はんちょう》ほどさきさえも、見えない日が一週間ほどつづいた。

彼等は、ある丘の、もと露西亜《ロシア》軍《ぐん》の兵営だった、煉瓦《れんが》造《づく》りを占領して、掃除をし、板仕切で部屋を細かく分って手術台を据えつけたり、薬品を運びこんだりして、表へは、陸軍病院の板札をかけた。

十一月には雪が降り出した。降った雪は解けず、その上へ、雪は降り積り、降り積って行った。谷間の泉から、苦力が水を荷《にな》って病院まで登って来る道々、こぼした水が凍《こお》って、それが毎日のことなので、道の両側に氷がうず高く、山脈のように連っていた。

彼等は、ペーチカを焚《た》いて、室内に閉じこもっていた。

二人は来《こ》し方《かた》の一年間を思いかえした。負傷をして、脚や手を切断され、或は死んで行く兵卒を眼《ま》のあたりに目撃しつつ常に内地のことを思い、交代兵が来て、帰還し得る日が来るのを待っていた。

交代兵は来た。それは、丁度《ちょうど》、彼等が去年派遣されてやって来たのと同じ時分だった。四年兵と、三年兵との大部分は帰って行くことになった。だが、三年兵のうちで、二人だけは、ようよう内地で初年兵の教育を了《お》えて来たばかりである二年兵を指導するために残されねばならなかった。

軍医と上等看護長とが相談をした。彼等は、性悪《しょうわる》で荒っぽくて使いにくい兵卒は、此際《このさい》、帰してしまいたかった。そして、おとなしくって、よく働く、使いいい吉田と小村とが軍医の命令によって残されることになった。

二

誰れだって、シベリアに長くいたくはなかった。

剛胆で殺伐なことが好きで、よく銃剣を振るって、露西亜人を斬りつけ、相手がない時には、野にさまよっている牛や豚を突き殺して、面白がっていた、鼻の下に、ちょんびり髭《ひげ》を置いている屋島という男があった。

「こういうこた、内地へ帰っちゃとても出来ないからね。——法律も何もないシベリアでウンとおたのしみをしとくんだ。」

彼は、よく軍医や看護長に喰ってかかった。ある時など、拳銃を握って、軍医を追っかけまわしたことがあった。軍医が規則正しく勤務することを要求したのが、癪《しゃく》にさわったというのであった。彼は、逃げて行く軍医を、うしろからねらって、轟然《ごうぜん》と拳銃を放った。ねらいはそれて、弾丸《たま》は二重になった窓硝子を打ち抜いた。

彼は、シベリアにいることを希望するだろうと誰れしも思っていた。

「一年や二年、シベリアに長くいようがいまいが、長い一生から見りゃ、同じこっちゃないか。——大《たい》したこっちゃないじゃないか！」

彼は、皆の前でのんきそうなことを云っていた。

だが、軍医と上等看護長とは、帰還者を決定する際、イの一番に、屋島の名を書き加えていた。——つまり、銃剣を振りまわしたり、拳銃を放ったりする者を置いていては、あぶなくて厄介《やっかい》だからだ。

自分からシベリアへ志願をして来た福田という男があった。福田は露西亜語が少し出来た。シベリアへ露西亜語の練習をするつもりで志願して来たのであった。一種の図太さがあって、露西亜人を相手に話しだすと、仕事のことなどそっちのけにして、二時間でも三時間でも話しこんだ。露西亜語が相当に出来るようになってから内地へ帰りたいというのが彼の希望だった。

けれども、福田も、帰還者名簿中に、チャンと書きこまれていた。

そういう例は、まだまだ他《ほか》にもあった。

無断で病院から出て行って、三日間、露人の家に泊ってきた男があった。それは脱営になって、脱営は戦時では銃殺に処せられることになっていた。だがそれを内密にすましてその男は処罰されることからは免《まぬが》れた。しかし、その代りとして、四年兵になるまで残しておかれるだろうとは、自他ともに覚悟をしていた。

だが、その男も、帰還者の一人として、はっきり記《しる》されてあった。

そして、残されるのは、よく働いて、使いいい吉田と小村の二人であった。

二人とも、おとなしくして、よく働いていればその報いとして、早くかえしてくれることに思って、常々から努めてきたのであった。少し風邪《かぜ》気味で、大儀な時にでも無理をして勤務をおろそかにしなかった。

——そうして、その報いとして得たものは、あと、もう一箇年間、お国のために、シベリアにいなければならないというだけであった。

二人は、だまし討ちにあったような気がして、なげやりに、あたり散らさずにはいられない位い胸がむかむかした。

三

——汽車を待っている間に、屋島が云った。

「君等は結局馬鹿なんだよ。――早く帰ろうと思えや、俺のようにやれ。誰だって、自分の下に使うのに、おとなしい羊のような人間を置いときたいのはあたりまえじゃないか――だが、一年や二年、シベリアにいたっていなくったって、長い一生から見りゃ同じこった。ま、気をつけてやれい。」

それをきいていた吉田も、小村も元気がなかった。

同年兵達は、既に内地へ帰ってから、何をするか、入営前にいた娘は今頃どうしているだろう？　誰れが出迎えに来ているだろう？　ついさき頃まで熱心に通っていた女郎のことなど、けろりと忘れてしまって、そんなことを頻りに話していた。

「俺《お》れゃ、家《うち》へ帰ったら、早速、嚊《かかあ》を貰うんだ。」シベリアへ志願をして来た福田も、今は内地へ帰るのを急いでいた。

「露西亜語なんか分らなくったっていいや、――親爺《おやじ》のあとを継いで行きゃ、食いっぱぐれはないんだ、いつなんどきパルチザンにやられるかも知れないシベリアなんぞ、もうあきあきしちゃった。」

二人だけは帰って行く者の仲間から除外されて、待合室の隅の方で小さくなっていた。

二人は、もともとよく気が合ってる同志ではなかった。小村は内気で、他人《ひと》から云われたことは、きっとするが、物事を積極的にやって行くたちではなかった。吉田は出しゃばりだった。だが人がよかったので、自分が出しゃばって物事に容喙《ようかい》して、結局は、自分がそれを引き受けてせねばならぬことになってしまっていた。二人が一緒にいると、いつも吉田が、自分の思うように事をきめた。彼が大人顔をしていた。それが小村には内心、気に喰わなかった。しかし、今では、お互いに、二人だけは仲よくして行かなければならないことを感じていた。気に入らないことがあっても、それを怺《こら》えなければならないと思っていた。同年兵は二人だけであった。これからさき、一年間、お互いに助け合って生きて行かなければならなかった。

「じゃ、わざわざ見送ってくれて、有がとう。」

汽車が来ると、帰る者たちは、珍らしい土産ものをつめこんだ背嚢《はいのう》を手にさげて、われさきに列車の中へ割込んで行った。そこで彼等は自分の座席を取って、防寒帽を脱ぎ、硝子窓の中から顔を見せた。

そこには、線路から一段高くなったプラットフォームはなかった。二人は、線路の間に立って、大きな列車を見上げた。窓の中から、帰る者がそれぞれ笑って何か云っていた。だが、二人は、それに答えて笑おうとすると、何故か頬がヒン曲って泣けそうになって来た。

二人は、そういう顔を見られたくなかったので、黙ってむっつりしていた。

……汽車が動き出した。

窓からのぞいていた顔はすぐ引っ込んでしまった。

二人は、今まで押し怺えていた泣けそうなものが、一時に顔面に溢れて来るのをどうすることも出来なかった。……

「おい、病院へ帰ろう。」

吉田が云った。

「うむ。」

小村の声はめそめそしていた。それに反撥するように、吉田は、

「あの橋のところまで馳せっくらべしよう。」

「うむ。」小村は相変らずの声を出した。

「さあ、一、二、三ン！」

吉田がさきになって、二人は、一町ほど走ったが、橋にまで、まだ半分も行かないうちに、気ぬけがしてやめてしまった。

二人は重い足を引きずって病院へ帰った。

五六日間、すべての勤務を二年兵にまかせきって、兵舎でぐうぐう寝ていた。

四

「おい、兎狩りに行こうか。」

こう云ったのは吉田であった。

「このあたりに、一体、兎がいるんかい。」

小村は鼻の上まで毛布をかぶって寝ていた。

「居《お》るんだ。……そら、つい、そこにちょかちょかしてるんだ。」

吉田は窓の外を指さした。彼は、さっきから、腹這いになって、二重硝子の窓から、向うの丘の方を見ていたのであった。丘は起伏して、ずっと彼方《あちら》の山にまで連っていた。丘には処々草叢《くさむら》があり、灌木の群があり、小石を一箇所へ寄せ集めた堆《うずたか》があった。それらは、今、雪に蔽われて、一面に白く見境いがつかなくなっていた。

なんでも兎は、草叢があったあたりからちょかちょか走り出して来ては、雪の中へ消え、暫らくすると、また、他の場所からちょかちょかと出て来た。その大きな耳がまず第一に眼についた。でも、よほど気をつけていないと雪のようで見分けがつかなかった。

「そら、出て来た。」吉田が小声で叫んだ。「ぴんぴんはねてるんだ。」

「どれ?……」小村は、のっそり起上って窓のところに来た。「見えやしないじゃないか。」

「よく見ろ、はねてるんだ。……そら、あの石を積み重ねてある方へ走ってるんだ。長い耳が見えるだろう。」

二人とも、寝ることにはあきていた。とは云え、勤務は阿呆らしくって、真面目にやる気になれなかった。帰還した同年兵は、今頃、敦賀へついているだろうか。すぐ満期になって家へ帰れるのだ! 二人はそんなことばかりを思っていた。シベリアへ来るため、乗船した前夜、敦賀で一泊した、その晩のことを思い出したりした。その港町がなつかしく如何にもかがやかしく思い出された。何年間、海を見ないことか! 二人は、シベリアへ来てから、もう三年以上、いや五年にもなるような気がしていた。どうしてシベリアへ兵隊をよこして頑張ったりする必要があるのだろう。兵卒は、露西亜人を殺したり、露西亜人に殺されたりしているのである。シベリアへ兵隊を出すことさえ始めなければ、自分達だって、三年兵にもなって、こんなところに引き止められていやしないのだ。

二人は、これまで、あまりに真面目で、おとなしかった自分達のことを悔いていた。出たらめに、勝手気ままに振るまってやらなければ損だ。これからさき、一年間を、自分の好きなようにして暮してやろう。そう考えていた。

——吉田は、防寒服を着け、弾丸をこめた銃を握って兵舎から走り出た。

「おい、兎をうつのに実弾を使ってもいいのかい。」

小村も、吉田がするように、防寒具を着けながら、危ぶんだ。

「かまうもんか！」

「ブ（上等看護長のこと）が怒りゃせんかしら……」

銃と実弾とは病院にも配給されていたが、それは、非常時以外には使うことを禁ぜられていた。非常時というのは、つまり、敵の襲撃を受けたような場合を指すのであった。

吉田はかまわず出て行った。小村も、あとでなんとかなる、——そんな気がして、同様に銃を持って吉田のあとからついて行った。

吉田は院庭の柵をとび越して二三十歩行くなり、立止まって引金《ひきがね》を引いた。

彼は内地でたびたび鹿狩に行ったことがあった。猟銃をうつことにはなれていた。歩兵銃で射的をうつには、落ちついて、ゆっくりねらいをきめてから発射するのだが、猟にはそういう暇《ひま》がなかった。相手が命がけで逃走している動物である。突差にねらいをきめて、うたなければならない。彼は、銃を掌《て》の上にのせるとすぐ発射することになれていた――それで十分的中していた。

戦闘の時と同じような銃声がしたかと思うと、兎は一間ほどの高さに、空に弧を描いて向うへとんだ。たしかに手ごたえがあった。

「やった！　やった！」

吉田は、銃をさげ、うしろの小村に一寸目くばせして、前へ馳せて行った。

そこには、兎が臓腑《ぞうふ》を出し、雪を血に紅く染めて小児のように横たわっていた。

「俺《おれ》だってうてるよ。どっか、もう一つ出て来ないかな。」

小村が負けぬ気を出した。

「居るよ、二三匹も見えていたんだ。」

二人は、丘を登り、谷へ下り、それから次の丘へ登って行った。途中の土地が少し窪んだところに灌木の群があった。二人がバリバリ雪を踏んでそこへかかるなり、すぐそのさきの根本から耳の長いやつがとび出した。さきにそれを見つけたのは吉田であった。

「おい、俺にうたせよ――おい！……」

小村は友の持ち上げた銃を制した。

「うまくやれるかい。」

「やるとも。」

小村は、ねらいをきめるのに、吉田より手間どった。でも弾丸は誤たなかった。

兎は、また二三間、宙をとんで倒れてしまった。

五

倉庫にしまってある実弾を二人はひそかに持ち出した。お互いに、十発ずつぐらいポケットにしのばせて、毎日、丘の方へ出かけて行った。

帰りには必ず獲物をさげて帰った。

「こんなに獲っていちゃ、シベリヤの兎が種がつきちまうだろう。」

吉田はそんなことを云ったりした。

でも、あくる日行くと、また、兎は二人が雪を踏む靴音に驚いて、長い耳を垂れ、草叢《くさむら》からとび出て来た。二人は獲物を見つけると、必ずそれをのがさなかった。

「お前等、弾丸《たま》はどっから工面してきちょるんだ?」

上等看護長は、勤務をそっちのけにして猟に夢中になっている二人を暗に病院から出て行かせまいとした。

「聯隊から貰ってきたんです。」吉田が云った。

「この頃、パルチザンがちょいちょい出没するちゅうが、あぶないところへ踏みこまないように気をつけにゃいかんぞ!」

「パルチザンがやって来りゃ、こっちから兎のようにうち殺してやりまさ。」

冬は深くなって来た。二人は狩に出て鬱憤《うっぷん》を晴し、退屈を凌いだ。兎の趾跡は、次第に少くなった。二人が靴で踏み荒した雪の上へ新しい雪は地ならしをしたように平らかに降った。しかし、そこには、新しい趾跡は、殆んど印《しる》されなくなった。

「これじゃ、シベリアの兎の種がつきるぞ。」

二人はそう云って笑った。

一日、一日、遠く丘を越え、谷を渡り、山に登り、そうして聯隊がつくりつけてある警戒線の鉄条網をくぐりぬけて向うの方に出かけて行きだした。雪は深く、膝から腰にまで達した。二人はそれを面白がり、雪を蹴って濶歩した。

獲物は次第に少くなった。半日かかって一頭ずつしか取れないことがあった。そういう時、二人は帰りがけに、山の上へ引っかえして、ヤケクソに持っているだけの弾丸をあてどもなく空に向けて発射してしまったりした。

ある日、二人は、鉄条網をくぐって谷間に下った。谷間から今度は次の山へ登った。見渡すかぎり雪ばかりで、太陽は薄く弱く、風はなく、ただ耳に入るものは、自分達が雪を踏む靴音ばかりであった。聯隊が駐屯《ちゅうとん》している町も、病院がある丘も、後方の山にさえぎられて見えなかった。山の頂上を暫らく行くと、又、次の谷間へ下るようになっていた。谷間には沼があった。それが氷でもれ上っていた。沼の向う側には雪に埋《うも》れて二三の民屋が見えた。

二人は、まだ一頭も獲物を射止めていなかった。一度、耳の長いやつを狩り出したのであったが、二人ともねらい損じてしまった。逃げかくれたあたりを追跡してさがしたが、どうしても兎はそれから耳を見せなかった。

「もう帰ろう。」

小村は立ち止まって、得体の知れない民屋があるのを無気味がった。

「一匹もさげずに帰るのか、――俺れゃいやだ。」

吉田は、どんどん沼の方へ下って行った。小村は不承無承に友のあとからついて行った。谷は深かった。谷間には沼に注ぐ河があって、それが凍っているようだった。そして、川は、沼に入り、それから沼を出て下の方へ流れているらしかった。

下って行く途中、ひょいと、二人の足下から、大きな兎がとび出した。二人は思わず、銃を持ち直して発射した。兎は、ものの七間とは行かないうちに、射止められてしまった。二人の弾丸《たま》は、殆んど同時に、命中したものらしかった。可憐な愛嬌ものは、人間をうつ弾丸にやられて、長い耳を持った頭が、無残に胴体からちぎれてしまっていた。恐らく二つの弾丸が一寸ほど間隔をおいて頸にあたったものであろう。

二人は、血がたらたら雪の上に流れて凍って行く獲物を前に置いて、そこで暫らく休んでいた。疲れて、のどが乾いてきた。

「もう帰ろう。」小村が促した。

「いや、あの沼のところまで行ってみよう。」

「いや、俺《お》れゃ帰る。」

「なにもうすぐそこじゃないか。」

そう云って、吉田は血がなおしたたっている獲物をさげて、立ち上りしなに、一寸、自分達が下って来た山の方をかえり見た。

「おやッ！」

彼は思わず驚愕《きょうがく》の叫びを発した。

彼等が下って来るまで、見渡す限り雪ばかりで、犬一匹、人、一人見えなかった山の上に、茶色のひげを持った露西亜人が、毛皮の外套を着、銃を持って、こちらを見下しているのであった。それは馬賊か、パルチザンに相違なかった。

小村は、脚が麻痺したようになって立上れなかった。

「おい、逃げよう。」吉田が云った。

「一寸、待ってくれ！」

小村はどうしても脚が立たなかった。

「おじることない。大丈夫だ。」吉田は云った。「傍《そば》へよってくりゃ、うち殺してやる。」

でも、彼は慌《あわ》てて逃げようとした。だが、こちらの山の傾斜面には、民屋もなにもなく、逃げる道は開かれていると思っていたのに、すぐそこに、六七軒の民屋が雪の下にかくれて控えていた。それらが露西亜人の住家になっているということは、疑う余地がなかった。

山の上の露西亜人は、散り散りになった。そして間もなく四方から二人を取りかこむようにして近づいて来た。

吉田は銃をとって、近づいて来る奴を、ねらって射撃しだした。小村も銃をとった。しかし二人は、兎をうつ時のように、微笑《ほほえ》むような心持で、楽々と発射する訳には行かなかった。ねらいをきめても、手さきが顫えて銃が思う通りにならなかった。十発足らずの弾丸は、すぐなくなってしまった。二人は銃を振り上げて近づいて来る奴を殴りつけに行ったが、間もなく四方から集って来た力強い男に腕を掴まれ、銃をもぎ取られてしまった。

吉田は、南京袋のような臭気を持っている若者にねじ伏せられて、息が止まりそうだった。

大きな眼に、すごい輝やきを持っている頑丈な老人が二人を取りおさえた者達に張りのある強い声で何か命令するように云った。吉田の上に乗りかぶさっていた若者は、二三言老人に返事をした。吉田は立てらされた。

老人は、身動きも出来ないように七八本の頑固な手で掴まれている二人の傍《そば》へ近づいて執拗《しつよう》に、白状させねばおかないような眼つきをして、何か露西亜語で訊ねた。

吉田も小村も露西亜語は分らなかった。でも、老人の眼つきと身振りとで、老人が、彼等の様子をさぐりにやってきたと疑っていることや、町に、今、日本兵がどれ位い駐屯しているか二人の口から訊こうとしていることが察しられた。こうしているうちにでも日本兵が山の上から押しかけて来るかもしれない。老人は、そんなことにまで気を配っているらしかった。

吉田は、聞き覚えの露西亜語で、「ネポニマーユ」（分らん）と云った。

老人は、暫らく執拗な眼つきで、二人をじろじろ見つめていた。藍色の帽子をかむっている若者が、何か口をさしはさんだ。

「ネポニマーユ」吉田は繰返した。「ネポニマーユ。」

その語調は知らず知らず哀願するようになってきた。

老人は若者達に何か云った。すると若者達は、二人の防寒服から、軍服、襦袢《じゅばん》、袴下、靴、靴下までもぬがしにかかった。

……二人は雪の中で素裸体《すっぱだか》にされて立たせられた。二人は、自分達が、もうすぐ射殺されることを覚《さと》った。二三の若者は、ぬがした軍服のポケットをいちいちさぐっていた。他《ほか》の二人の若者は、銃を持って、少し距った向うへ行きかけた。

吉田は、あいつが自分達をうち殺すのだと思った。すると、彼は思わず、聞き覚えの露西亜語で「助けて！　助けて！」と云った。だが、彼の覚えている言葉は正確ではなかった。彼が「助けて」（スパシーテ）というつもりで云った言葉が「有がとう」（スパシーポ）と響いた。

露西亜人には、二人の哀願を聞き入れる様子が見えなかった。老人の凄い眼は、二人に無関心になってきた。

向うへ行った二人の若者は銃を持ちあげた。

それまでおとなしく雪の上に立っていた吉田は、急に前方へ走りだした。すると、小村も彼のあとから走りだした。

「助けて！」

「助けて！」

「助けて！」

二人はそう叫びながら雪の上を走った。だが、二人の叫びは、露西亜人には、

「有難う！」

「有難う！」

「有難う！」

と聞えた。

……間もなく二ツの銃声が谷間に轟き渡った。

老人は、二人からもぎ取った銃と軍服、防寒具、靴などを若者に纏めさして、雪に埋れた家の方へ引き上げた。

「あの、頭のない兎も忘れちゃいけないぞ！」

六

三日目に、二個中隊の将卒総がかりで、ようよう探し出された時、二人は生きていた時のままの体色で凍っていた。背に、小指のさき程の傷口があるだけであった。

顔は何かに呼びかけるような表情になって、眼を開《あ》けたまま固くなっていた。

「俺が前以て注意をしたんだ、――兎狩りにさえ出なけりゃ、こんなことになりゃしなかったんだ！」

上等看護長は、大勢の兵卒に取りかこまれた二人の前に立って、自分に過失はなかったもののように、そう云った。

彼は、他の三年兵と一緒に帰らしておきさえすればこんなことになりはしなかったのだ、とは考えなかった！

彼は、二個の兵器、二人分の被服を失った理由書をかかねばならぬことを考えていた。


（一九二七年三月）

解説　山本善行

黒島伝治の名前は、岩波文庫から『渦巻ける烏の群 他三篇』が出ていたので知っていたが、興味を持ったのは、中野重治の文章がきっかけだった。

中野重治は、「春三題」というエッセイで、黒島伝治と壷井栄と平林彪吾《ひょうご》について書いていて、これがとてもよかった。ほんの短いスケッチだが、それぞれの作家の魅力がよく伝わる中野らしいエッセイで、私はこの三人の作家の作品を読んでみたいと思った。

中野重治は『二十四の瞳』の作家・壷井栄のことを、「大きな太ったからだをしている」と書いていた。私は、女性に対して、大きくて太っているなんて、よく書くもんだなあ、と思ったが、読み進むと、そんなひとことからも中野のこの作家に対する愛情を感じた。壷井栄が、「いつも太って、あかい頰をして、その上にほとんど常に微笑をたたえている」とも書いているが、栄その人が目の前にいるようで、とても親しみがわく。

また、平林彪吾の告別式に出たときの話なども、強く印象に残る文章であった。ちなみに、平林彪吾には、『鶏飼ひのコムミュニスト』という小説集があって、これも読むに値する名作だと思う。

そして、黒島伝治についてだが、その小説について、中野重治は、「軍隊と戦争とを描いて一種独特の風格を見せていた」と評価している。私は、その一種独特の風格を感じ取りたいと思い、『渦巻ける烏の群』や新日本文庫の『橇・豚群』などを読み、最後に筑摩書房の『黒島伝治全集』にたどり着いた。全集を読んでも、駄作だと思うような小説がなく、どれもこれも面白いので、驚きながら読んだのを覚えている。

この小田切秀雄、壺井繁治編集の全集（三巻）は、実によく出来ていると思った。軍隊日記や書簡なども含まれ、これで黒島伝治の全体を知ることができるようになっている。

☆

今回、黒島伝治の小説の中から、私がこれこそ黒島伝治だと思う作品を選んだが、選んでいるうちに、中野重治が感じた「一種独特の風格」というのがよくわかった。一種独特の風格はまず、黒島の文章から感じ取れる。駄作がないというのも、そのことがあるからだろう。何を書いても、そこには文章があるのだから、文章の魅力は大きな武器となる。もちろん、内容が何であれ、というのではない。黒島が描こうとしている内容と黒島が獲得した文章が見事に調和していて、なかに傑作と言っていい作品が生み出された。

私は、黒島伝治の小説を読み始めると、その呼吸、リズムにからだをあずけるのが気持ちよく、気がつけば、からだがその物語の中にどっぷり浸かっているのだった。また、黒島の小説の特徴として、会話文の巧みさがあると思う。話し言葉を上手く使うことで、物語を生き生きと描き出している。会話の中にも抒情を感じるし、会話がつながっていくところで生まれる衝突や不安なども、その小説を深くしているように思う。

岩波文庫の『渦巻ける烏の群』に寄せられた壺井繁治の解説によると、黒島伝治は、日本の作家では志賀直哉の影響を強く受け、外国の作家では、ドストエフスキーやトルストイ、チェーホフなどをよく読んでいたという。簡潔な文章のなかに、深さや爽やかさを感じるのは、黒島がこれらの作家から学び取ったものだろう。

黒島伝治自身も、「愛読した本と作家から」というエッセイで、上記の作家の他に、メリメやゴーゴリやモリエールなども愛読したと書いているのも興味深い。

メリメについては、「どんなことでも、かまわずにさっさと書いて行く、冷たい態度が僕はすきだった。燐光を放っている。短篇を書くならメリメのような短篇を書きたい、よく、そう思った。」と述べている。

また、モリエールについてのこんな文章もある。「晩年の「タルチーフ」や、「厭人家」などは、喜劇と云っていいか、悲劇と云っていいか分らないものだ。それだけに、打たれる度も深く強い。」

こうした作家を深く読み解くことで、黒島伝治の文章が出来上がったのだろう。

☆

黒島伝治の小説は、大きく二つに分けられる。一つは故郷である小豆島での生活を描いた「農民もの」、そしてシベリアでの戦争体験をもとにした「シベリアもの」だ。

私は今回読み返して、島の醬油工場で働いたときの経験を書いた小説、例えば「砂糖泥棒」や「まかないの棒」などに、黒島伝治の個性を強く感じた。経験したことが見事に小説化されているのだろうから、黒島の年譜というのは、その意味でも大事になってくる。

簡単に、黒島伝治の年譜を見てみよう。

黒島伝治は、一八九八年(明治三一年)、香川県小豆郡苗羽《のうま》村に生まれる。地元の苗羽小学校を卒業し、内海実業補習学校に入学。一学年上に壺井繁治がいたが、さほど付き合いはなかったという。のちに東京で繁治と結婚する壺井栄は、隣村の出身だった。

内海実業補習学校を卒業して、醬油会社に入るが、一年ほどで辞めてしまう。その頃から、大学の講義録や雑誌などを取り寄せたり、世界の名作を手当たり次第に読んだり、と文学修行を始めた。また、黒島通夫というペンネームで雑誌に投稿していたらしい。一九歳のとき、東京に出る。小さな建物会社で働きながら小説を書き始めた。二一歳で早稲田大学高等予科に入学するが、第二種生での入学だったので、徴兵猶予が認められず、招集される。そしてシベリア出兵となる。

☆

私は、黒島伝治にまとわり付く、農民文学、プロレタリア文学、反戦文学などのイメージをまずは取り除き、ま新しい目で全集を再読することから作品選びを始めた。良い作品であっても、文庫や文学全集に収められているものは、仕方なく、省いたものもあった。そして選び終えた今、自分なりの黒島伝治像を示すことができたと思う。もちろん、他に入れたかった作品はたくさんあって、例えば、あるエッセイをやめて「彼等の一生」を入れようか、と最後まで迷った。また、「渦巻ける烏の群」は、黒島伝治の代表作と言っていい小説なので、ページに余裕があれば収めたかった。

私は、ずっと、黒島伝治の小説をもっとたくさんの人に読んでもらいたいと思ってきた。こんな素晴らしい小説家のことを忘れてはいけないと思ってきた。

この作品集で、黒島伝治作品の底に流れている、さわやかな瀬戸内の風を感じ取っていただけたら、選者としてうれしく思う。

初出一覧

初期文集より　「散文・さびしいみなと」は雑誌掲載未詳。「詩・無題1、無題2、無題3」は未発表。
瀬戸内海のスケッチ　未発表。
砂糖泥棒　一九二六年、「文藝市場」一二月号に掲載。一九二八年、第二創作集『橇』に所収。
まかないの棒　一九二五年、「潮流」九月号に掲載。第二創作集『橇』に所収。
「紋」　一九二五年、「東方の星」一一月号に掲載。
老夫婦　一九二六年、「地方」一〇月号に掲載。第二創作集『橇』に所収。
田園挽歌　第二創作集『橇』に掲載・所収。
本をたずねて　一九二七年、「文章倶樂部」九月号に掲載。一九二七年、第一創作集『豚群』に所収。
僕の文学的経歴　一九三一年、「文學風景」一月号に掲載。
雪のシベリア　一九二七年、「世界」六月号に掲載。第一創作集『豚群』に所収。

著者

黒島伝治（くろしま・でんじ）

一八九八年、香川県小豆郡苗羽村の自作農の家庭に長男として生まれる。地元の苗羽小学校、内海実業補習学校を卒業後、醤油会社に醸造工として入るが一年ほどで辞める。その頃から文学修行をはじめ、黒島通夫というペンネームで雑誌に投稿。一九歳の時に東京に出て、建物会社や養鶏雑誌社で働きながら小説を書き始めた。二一歳で早稲田大学高等予科文学科に入学。第二種学生だったので徴兵猶予が認められず、召集されてシベリアへ出兵。一九二二年、病を得てウラジオストックから小豆島へ帰郷する。

一九二五年、二七歳のときに二度目の上京。同年、雑誌「潮流」七月号に掲載された短編小説「電報」が好評を得て、プロレタリア文学者としての道を歩み始める。故郷である小豆島での生活を描いた「農民もの」、そしてシベリアでの戦争体験をもとにした「シベリアもの」と呼ばれる数多くの作品を発表。代表作に「渦巻ける烏の群」など。生前に刊行された単行本は『豚群』、『橇』、『氷河』、『パルチザン・ウォルコフ』、『秋の洪水』、『雪のシベリア』、『浮動する地価』。中国で起こった済南事件を取材し、一九三〇年に発表した長編小説『武装せる市街』はただちに発禁となった。

一九三三年、三五歳の時に喀血し、病気療養のため家族とともに帰郷。小豆島で執筆と読書をつづけ、一九四三年、享年四四歳で逝去。

選者

山本善行（やまもと・よしゆき）

一九五六年、大阪生まれ。関西大学文学部卒業。エッセイスト、「古書善行堂」店主、書物雑誌「sumus」代表。著書に『関西赤貧古本道』（新潮社）、『古本のことしか頭になかった』（大散歩通信社）、『定本 古本泣き笑い日記』（みずのわ出版）など。古本ライター・書評家の岡崎武志との共著に『新・文學入門』（工作舎）。選者として上林暁傑作小説集『星を撒いた街』（夏葉社）と上林暁傑作随筆集『故郷の本箱』（夏葉社）の出版に係る。

瀬《せ》戸《と》内《ない》海《かい》のスケッチ　黒《くろ》島《しま》伝《でん》治《じ》作《さく》品《ひん》集《しゅう》

二〇一三年一〇月一九日　初版第一刷発行

著者　黒島伝治
選者　山本善行

発行　サウダージ・ブックス
〒七六一－四一〇一　香川県小豆郡土庄町甲二六七－六
豊島オリヴアルス株式会社内
電話　〇八七九－六二－九八八九
ファックス　〇八七九－六二－九〇八九
saudadebooks@gmail.com
装幀　加藤賢一
装画　nakaban
組版　大友哲郎
編集協力　太田明日香（オオタ編集室）
印刷製本　株式会社シナノ
カバー　向進舎印刷株式会社
ISBN 978-4-907473-00-6　C0093